KB115285

부검
스페셜리스트

부검 스페셜리스트 3

가프 현대 판타지 소설

초판 1쇄 찍은 날 § 2020년 3월 24일
초판 1쇄 펴낸 날 § 2020년 3월 31일

지은이 § 가프
펴낸이 § 서경석

총괄팀장 § 노종아
편집책임 § 박현성
디자인 § 소소연

펴낸곳 § 도서출판 청어람
등록번호 § 제387-1999-000006호
등록일자 § 1999. 5. 31
어람번호 § 제1-3099호

주소 § 경기도 부천시 부일로 483번길 40 서경B/D 3F (우) 14640
전화 § 032-656-4452 팩스 § 032-656-4453
http://www.chungeoram.com
E-mail § chungeorambook@daum.net

ISBN 979-11-04-92172-8 04810
ISBN 979-11-04-92151-3 (세트)

가프 현대 판타지 소설

3

부검
스페셜리스트

MODERN FANTASTIC STORY

목차

제1장

—

초정밀 부검의 개가

　수사 소득은 있었다. 경찰병원 인근의 꽃 가게였다. 40대 후반의 돌싱 주인이 몽타주를 알아본 것이다.

　"아, 이 여자⋯⋯."

　주인의 눈이 밝아졌다. 혼자 사는 남자였다. 시원한 키에 시원한 얼굴을 보고 호감이 가지 않을 수 없었던 것. 여자는 아쉽게도 선글라스를 썼고 말 한마디 하지 않았다.

　"3만 원을 내길래 꽃다발로 만들어줬어요. 몇 마디 말을 시켜도 묵묵부답이라 더는 말을 건네지 못했죠."

　3만 원의 행방은 오리무중. 오후에 인근 빌딩에서 지역문학상 시상식이 열리면서 많은 손님들이 몰리는 바람에 누구에게 거슬러 줬는지 기억하지 못했다.

CCTV는 역시 무용지물이었다. 인근 상가에 설치된 것을 발견하고 탐색에 들어갔지만 같은 시간대에 출입하는 손님들 중에 그 여자의 모습만 보이지 않는 것이다.

화면 파일 원본은 창하가 빌려두었다. 달리 쓸 곳이 있었다.

하지만 또 다른 존재는 확인할 수 없었다. 인근의 꽃집을 다 뒤져도 모란꽃을 사 간 건 그 여자뿐. 다른 모란 꽃다발은 다른 곳에서 가져온 모양이었다.

어쨌든 여자의 존재는 확인이 되었다. 몽타주가 나오고 그걸 알아본 사람이 있었으니 개가라면 개가였다.

―달이 기울면서 갑호 비상령은 해제했지만 지오프로스 지역에 대한 경계와 탐문은 계속되고 있어요. 다른 사항 보고되면 연락드릴게요.

채린의 전화는 그렇게 끊겼다.

3일.

오늘부터의 일기예보는 비였다. 하늘은 이미 빗방울을 떨구고 있다. 창하의 판단대로 미궁 살인은 중단된 것으로 보였다.

오전의 첫 부검이 끝난 창하.

부검감정서 서류를 잠시 미루고 방성욱의 영상을 돌렸다.

—고대에 사악한 정기의 혼이 11,520개가 있었는데 그것들은 특정한 해가 되면 살육 파티로 인간의 심장을 모아 다음 준동 때까지 양식으로 삼았다. 처음에는 그 주기가 300년 정도였는데 그들 세계의 붕괴로 많은 정기가 사멸되자 남은 소수의 정기들이 인간의 모습으로 준동하면서 약 60년 주기로 살육 파티를 벌이고 있다. 1950년대 말 뉴욕과 텍사스, 캐나다를 공포로 몰아넣은 미궁 살인도 그들의 소행이었고, 그때 체포하지 못했으니 다음 차례는 아시아가 된다. 81명의 심장을 산 채로 빼 가 다음 60년까지의 양식으로 삼을 것이다.

영상 속에서 방성욱을 만났다.

그러고 보면 박상도의 검거는 창하의 능력이 아니었다. 그의 집념이 있었기에 가능했던 일. 그사이에 점심시간이 가까워졌다. 채린이 보내준 CCTV의 PIXIM 보드를 집어 들었다.

CCTV로 대표되는 폐쇄회로 TV들.

유전자와 더불어 범죄 감시의 만능 플레이어로 생각하는 사람들이 많다. 그러나 CCTV는 생각보다 깔끔하게 관리되지 않는 경우가 많다. 디지털 CMOS와 아날로그 방식의 CCD도 장단점이 뚜렷하다. 전자는 노이즈가 많고 후자는 발열이 많은 편이다. 저조도에 대한 단점도 있어 밤이 되면 사물 판별력이 떨어진다. 최근 들어 성능이 향상되었지만 한번 설치한 CCTV는 성능 따라 교체되지 않는 단점이 있었다.

더 안타까운 건 폐쇄회로 TV에도 골든타임이 있다는 것. 특히 성능이 좋은 최신형일수록 그런 까닭은 용량이 크기에 오래된 화면부터 삭제가 되는 것이다. 반면 오래된 구형들은 저장 기간이 한 달까지도 가지만 화면 분석이 어렵다는 단점이 생기니 CCTV가 만능 해결사는 아니었다.

"선생님."

국과수에서 조금 떨어진 샐러드 바에서 유수아를 만났다. 창하가 점심을 쏘기로 한 약속이었다.

"바쁘신데 모신 거 아닌가요?"

미리 자리를 잡은 창하가 앞자리를 권했다.

"괜찮아요. 맛있는 것만 사주시면……."

"한번 쏜다 쏜다 쏜다 하고는 너무 늦었죠?"

"맞아요. 선생님도 말뿐인가 했어요."

수아가 환하게 웃는다. 작고 아담한 얼굴이지만 생동감이 줄줄 흘러내리는 마스크였다.

"앗, 그건 아니었는데……."

"조크예요. 선생님 바쁜 거 국과수 직원이면 다 알잖아요. 신참 검시관에서 일약 국과수 에이스로 등극하신 분."

"너무 그러지 마세요. 낯 뜨거워집니다."

"왜 이러세요? 저 국과수 신참 아니거든요. 분위기 다 꿰뚫고 있답니다."

"제 마음대로 예약했는데 여기 괜찮겠어요?"

창하가 물었다.

"샐러드 바… 언제 왔는지 기억에도 없네요. 국과수가 공무원이라기에 9 TO 6를 머리에 그렸는데 완전 사기였어요."

"그건 저도 격하게 공감합니다. 24시간 부검 체제인 줄은 꿈에도 몰랐네요."

"설마 사표 내시려는 거 아니죠?"

수아가 고개를 들었다.

"사표요? 왜요?"

"사실 누가 갑자기 뭐 쏜다 그러면 슬쩍 겁이 나요. 그렇게 사표 내고 나간 분들 많거든요."

"……."

"아니면 저는 안심하고 먹기 시작하겠습니다. 요즘 복무 점검 기간이라나 뭐라나 해서 1시 땡 하기 전에 들어가야 해요."

수아가 일어섰다. 창하도 그 뒤를 따랐다.

"많이 드세요. 덕분에 아버지 범인을 잡았습니다."

수아 물까지 챙겨 온 창하가 말했다.

"와우, 킹왕짱 매너……."

"유 선생님 3D 손 샘플에 반지 이니셜 복원이 없었더라면 꿈도 못 꿀 일이었거든요."

"선생님은 어떻게든 그 범인 잡았을 거예요. 매번 신들린 사인 분석을 내놓고 있잖아요."

"미궁 살인 건이라면 절반의 성공에 불과해요."

"절반의 실패는 뭔데요?"

"그 일 좀 도와주실래요?"

"제가요? 전 부검 못 하는데?"

"부검이 아니고 이거요."

창하가 폐쇄회로 TV의 칩을 몇 개 내밀었다.

"뭐죠?"

"범인 동선에 있던 CCTV 칩들이에요. 경찰청에서 잠깐 빌렸어요."

"그 범인은 CCTV에 안 찍히는 특이체질이라면서요?"

"그래서 부탁하는 겁니다. 눈에는 보이지 않지만 영상 안에 어떤 형태로든 들어 있지 않을까 해서……."

"경찰청 과학수사센터하고 대검 DFC에서 분석했을 거 아녜요?"

"선생님도 전문가잖아요?"

"이 선생님……."

"키포인트는 생체 자기장입니다. 정상인의 1,000−2,000배 이상이라고 해요. 과학적으로는 이해하기 힘들지만 영화에서 보면 외계인들 모습도 사라졌다 나타났다 할 때가 있잖아요? 어떻게든 볼 수 있는 방법이 있지 않을까요? 그저 형체라도?"

"사실 과학적으로는 투명 인간이 가능해요."

수아의 이론이 창하를 질러갔다.

"예?"

창하가 반응한다. 막강 부검의 창하지만 과학의 모든 것에 통달한 것은 아니기 때문이었다.

"메타물질이라고 들어보셨어요?"

"말은 들었죠."

"그 물질로 만든 옷을 걸치면 사람 눈은 물론, 카메라에도 잡히지 않을 수 있어요. 옷 주변으로 입사되는 모든 빛을 비스듬히 굴절시키거든요. 빛이 물체 주변으로 휘어 돌아가니 다른 사람 눈에 보이지 않습니다. 그러자면 1나노미터 이하로 빛의 굴절을 제어해야 하니 현실성이 없어서 그렇죠."

"범인이 메타물질의 옷을 입었다는 건가요?"

"아뇨. 이론적으로는 가능하다는 말을 하는 거예요. 하지만 현실에서는 차라리 귀신 쪽?"

"아무튼 부탁합니다."

"아오, 저 다른 일만 해도 바쁜데……."

"당장 해달라는 거 아니에요. 궁금해서 그러니 시간 날 때마다 조금씩……."

"대단하시네요."

"네?"

"집념하고 책임감 말이에요. 다른 검시관 선생님들 같으면 이런 데 신경 쓰지 않을 텐데… 부검도 아니고요."

"CCTV에 안 보이는 범인… 그냥 넘길 수 없잖아요? 형태만이라도 잡으면 범행 순간이 더 시원하게 풀릴 테고……."

"경찰청에서는 어디까지 진행됐대요?"

"그쪽은 완전히 손들었어요. 대검 DFC도……."

"그걸 저한테……."

"국과수니까요. 제가 알기로 과학수사의 원천은 국과수라고 생각하는데 아닌가요?"

"그렇게까지 말씀하시니 거절할 수도 없고……."

"부탁합니다."

"좋아요. 선생님이 이렇게 열정적인데 어쩌겠어요. 짬짬이 최선을 다해볼게요."

수아가 콜을 받아들였다.

또 하루가 지났다. 눈뜨기 무섭게 뉴스부터 챙겨 보았다. 지난밤에도 미궁 살인이거나 그 유사한 사건은 일어나지 않았다. 채린으로부터의 연락이 왔는지 확인까지 하고서야 하루를 시작하는 창하. 이제는 비로소 미궁 살인의 악몽에서 벗어나는 것 같았다.

그 아침, 뜻밖의 인물이 창하를 찾아왔다.

"어? 교수님."

주차장에서 만난 사람은 송대방 교수였다.

"출근하시나?"

"예, 교수님은 여길 어떻게?"

"우리 이 선생 좀 만나려고."

"저요?"

"잠깐이면 되는데……."

그가 창하를 끌었다. 30분 정도 여유가 있기에 가까운 24시 카페에 들렀다.

"의료사고요?"

잔을 내려놓던 창하가 반응을 했다.

"그렇네. 의료사고……."

송대방이 말을 이었다.

"환자 보호자 측에서 부검을 원하기에 나에게 배정이 되었는데 어이없게도 보호자 측에서 거부 의사를 밝혔네."

"예?"

"국과수로 가겠다더군. 자네 이름을 거론한다고 들었네."

"부검이라면 교수님이 저보다 백배 나은데 왜?"

"사안이 좀 첨예하네."

"신라병원에서 일어난 일입니까?"

"그랬으면 나한테 맡길 생각을 못 했겠지. SS병원에서 벌어진 일이라네."

"예……."

"간단히 들었는데 사망자가 7대 독자였다더군. 어머니가 임신이 어려워 마흔 중반에야 겨우 낳았고… 요즘 독자가 무슨 의미가 있겠냐만 어렵게 낳아 기르다 보니 애정이 남다른 모양이었네."

"……"

"이 친구가 곧 결혼을 앞두고 있었는데 동맥경화와 심장병이 있었던 모양이야. 목의 경동맥에 혈전이 발견되어 수술을 받기로 했었다네. 협착은 55% 정도라 위험한 상태는 아니었지만 계속 방치하면 뇌가 위험해질 수 있다고……"

'심장병……'

"귀한 아들이다 보니 전국 최고의 닥터를 수배했고 SS병원의 혈관외과 이태승 박사에게 집도를 맡긴 모양이야. 대한민국에서 세 손가락 안에 꼽히는 혈관 수술의 명의시지."

"……"

"환자가 젊으니 스텐트보다 혈관이식술로 갔네. 총경동맥 분지의 혈전을 제거하고 다른 혈관을 이식해 수술을 끝냈지. 집도의도, 환자도 만족스러운 수술이었네."

"그런데 왜?"

"수술 직후 이태승 박사는 제주도 학회 강연차 비행기를 탔다네. 물론 김포공항에서도 환자 상태를 추가로 체크했고……"

"……"

"사고는 다음 날 저녁에 일어났네. 이 박사가 제주도 공항에서 서울행 비행기에 탑승하려다 전화를 받는데… 수술 부위가 터지면서 피가 밀려 나왔고 혈압이 급강하하는 사고가 발생했네. 전공의들이 달려들어 지혈을 시도했지만 수술대 위에 올라가기 무섭게 사망해 버리고 말았네. 이 박사가 수술실에 도착했을 때는 이미…….”

사망!

송대방이 줄여놓은 말의 뜻이었다.

SS병원 정도의 수준에서도 손을 쓰지 못한 상황. 창하의 촉이 저절로 세워졌다.

“해서 보호자 측에서는 수술 후 의료사고, 병원 측에서는 환자의 과격한 움직임에 더해 심근속관상동맥에 의한 손상 사망으로 맞서는 형편이라네.”

“과격한 움직임이라면?”

“사망 당일 오전에 부모님들과 사촌 동생들이 왔는데 수술이 잘되었다니 굉장히 화목한 분위기였다고 하네. 그때 누군가 유머러스한 말을 하자 환자도 신나게 웃었던 모양이야. 심근속관상동맥의 경우 심한 운동 중에 급사하는 경우가 있지 않나?”

“그렇다고 해도 겨우 웃은 걸 가지고…….”

“목의 경동맥 아닌가? 어깨부터 머리까지 진동이 심하면 가능성이 없는 건 아니네. 나도 과거에 그런 부검을 한 실례가 있고.”

송대방의 말은 어쩐지 강요에 가까웠다.

“심근속관상동맥은 부검으로 확인하기 힘든 것 아닙니까? 수술 전부터 진단이 나온 겁니까?”

창하가 물었다. 그건 선천성관상동맥기형에 속하는 병. 동맥 분기의 앞 가지가 심장근육층으로 들어감으로써 심근이 수축할 때 관상동맥을 압박하는 것이다. 그러나 부검으로 증명하기 쉽지 않으니 격한 운동 와중에 급사한 경우, 다른 원인이 확인되지 않으면 급사의 원인으로 보기도 했다.

"자네 말속에 의료인의 애로가 담긴 것 아닌가? 그동안 큰 문제가 없다기에 크게 강조하지 않았다네. 환자에게 부담 주지 않으려던 닥터의 배려가 부메랑이 된 거지."

"하지만 저는 아직 연락도 못 받았고 만약 부검 의뢰가 온다고 해도 제 마음대로 나설 수 있는 일이 아닙니다."

"보호자들이 고집하는 일이네. SS병원도 몇 번이나 뒤집어놓았다니 자네가 아니면 안 된다고 할 걸세."

"……"

"해서 미리 찾아온 거네. 그 이 박사가 내 지인의 동생이라네. 환자들의 극성과 생떼에 희생되어서는 안 될 명의라네. 혈관외과에서 그만한 인물 다시 나오기 어렵거든."

"……"

"다른 건 없네. 수술 과정에 하자는 없었다고 하니 심근속 관상동맥. 그것만 찾아주시게. 내 얼굴 봐서라도……."

"교수님……."

"부탁하네."

송대방이 고개를 숙였다.

한 시간 후.

창하는 그 시신의 부검을 배정받았다. 시신과 함께 온 어머니가 눈물로 호소를 늘어놓았다. 반면 병원 측은 완강했다.

의사와 보호자.

극한 대립이다.

과연 누가 진실일까?

이때까지만 해도 창하의 머리에는 심근속관상동맥에 대한 생각뿐이었다. 하지만 부검이 시작된 순간, 그 생각은 180도 바뀌어 버렸다. 초정밀 부검으로 심근속관상동맥과 목의 총동맥, 내경동맥, 외경동맥을 체크하던 창하. 사망원인은 '완전히' 다른 곳에 있음을 알았다.

*　　　　*　　　　*

'심근속관상동맥…….'

가슴을 열고 확인에 성공했다. 심장근육층 깊은 곳의 좌관상동맥 분지를 잡아낸 것이다. 좌관상동맥의 기형은 특히 소아기에 위험하다. 자칫하면 급사할 수 있다. 우관상동맥의 기형도 급사를 유발할 수 있지만 좌관상동맥에 비하면 그나마 양호한 편이었다.

어려운 케이스를 부검으로 확인한 건 초정밀 직관 때문이었다. 부검의의 생명으로 꼽히는 눈과 손, 그리고 메스. 그 삼

위일체가 이뤄낸 개가였다.

찰칵!

일단 카메라에 담았다.

두 근육의 비교가 필요하므로 여러 각도에서 찍었다. 논쟁의 발원지가 되는 곳이니 당연히 그래야 했다.

다른 장기를 마저 살폈다. 보호자에 의하면 사망자는 수술 직전까지 큰 문제가 없었다. 그건 수술실에 들어가기 전에 찍은 동영상에서도 확인이 되었다. 경동맥에 언제 터질지 모르는 시한폭탄이 걸렸다지만 사망자의 얼굴은 대체로 밝아 보였다.

"이러니 이게 말이 됩니까? 위독하던 아이도 아니고……."

보호자의 말을 떠올리며 목 부위로 넘어갔다.

사망자는 스텐트 설치가 아니라 수술을 했다. 다른 곳의 동맥을 떼어 와 교체한 것이다. 많은 경우, 경동맥 협착에 문제가 생기면 스텐트 설치술을 실시한다. 전신마취 필요 없이 대퇴동맥으로 작은 관을 삽입하여 경동맥 협착이 있는 부위에 풍선과 스텐트라는 금속 그물망을 펼쳐 좁아진 혈관의 통로를 터주는 방법이다. 사망자는, 심각하지 않지만 심장에 문제가 있었다. 그런 취지로 보자면 스텐트 설치술이 더 적합할 수 있었다.

그러나 스텐트 설치는 전적으로 집도의의 판단에 따르며 의사에 따라서는 선호도가 달라지기도 한다. 이 의사의 선택은 수술 쪽이었다. 경동맥에 벌룬을 넣어도 여의치 않을 때는 수술로 돌아선다. 어쩌면 스텐트에 밀리고 있는 혈관 수술을 과시하고 싶었을지도 모른다. 하지만 그건 집도의의 판단이니 창하가 따질 이유가 없었다.

—대한민국 혈관 수술의 권위자 이태승.
—한때는 수술 예약이 2년 치에 달하던 사람.
—20여 년간 단 두 건의 부작용밖에 없었던 사람.

그러나 원숭이도 나무에서 떨어진다.
늙은 원숭이는 더욱 조심해야 한다.
수술은 인간의 영역이다. 때에 따라서는 상황이 돌변한다. 다른 것과 달리 생명은 단 한 번의 실수로 치명타를 받는다. 더구나 많은 수술은, 그 부위가 몸 안으로 들어가 눈에 보이지 않기에 더 각별한 주의가 필요했다.

창하의 부검도 그랬다. 심장에 더불어 다른 장기를 확인하고 혈관이 터진 부위로 올라갔다. 목 부위의 출혈량은 엄청나게 많았다. 동맥이 터진 것이니 오죽할까?

목을 절개하고 경동맥을 확인했다.

CCA, 즉 총경동맥(Common Carotid Artery)이 시작이었다. 앞에 '총'이라는 단어가 붙으면 갈라지기 전이라는 뜻이다. 경동맥은 바로 여기서 두 줄기로 나뉘니 조금 더 두꺼운 게 내경동맥이고 약간 가는 것이 외경동맥이었다. 혈류로 인한 문제는 주로 내경동맥 쪽이다. 외경동맥 쪽은 뇌혈류를 크게 걱정하지 않기 때문이다.

수술은 내경동맥 분지에서 실시했다. 동맥경화나 기름때가 잘 끼는 곳이었다. 확대경까지 대고 살펴보지만 혈관 수술 부위의 문제는 아니었다. 그런 문제라면 혈관 조직이 터진 부위가 나와야 했다. 그렇다면 역시 심장 자체의 문제였을까?

혈전을 헤치며 경동맥을 살피던 창하 시선에 뜻밖의 이물이 들어왔다. 맥없이 늘어진 그것은 혈관을 이어준 봉합사였다. 봉합 간격이 무려 1㎜에 가깝도록 촘촘하다. 봉합사의 굵기는 8.0으로 보였다. 이렇게 가는 봉합사로 이런 봉합을 이루었으니 혈관 수술의 권위자다운 봉합이었다. 게다가 그래프트용으로 쓰인 대용 혈관의 박리 또한 퍼펙트해 보였다.

하지만 곧 감탄을 접어야 했다. 예술적인 봉합에서 보여야 할 화룡점정이 보이지 않는 것이다.

"……!"

창하 눈이 거기서 멈췄다.

'이럴 수가…….'

참상의 원인을 확인한 창하, 기가 막혀서 말이 나오지 않았다.

그래서 다시 한번 확인.

그러나 돌아온 건 전율뿐이었다.

찰칵, 찰칵!

사진부터 남기고 재확인에 들어갔다. 확대경을 가져와 모든 각도에서 체크를 마쳤다. 부검대 앞에 선 네 사람, 사망자의 보호자와 그가 지정한 외과 전문의, 그리고 병원 측을 대표한 심장혈관외과학 교수, 경찰 측 참관자는 숨도 쉬지 않았다. 첨예하게 맞선 주장들. 창하의 부검 결과에 따라 저울의 균형추가 기울 것이기 때문이었다.

"사인을 찾았습니다."

마침내 창하가 고개를 들었다.

"뭡니까?"

보호자가 먼저 입을 열었다.

"사인은……."

네 사람을 돌아본 창하가 경동맥을 가리켰다.

"경동맥에 문제가 있다는 거요?"

교수가 물었다.

"예."

"출혈 부위가 아니라 출혈의 원인을 따지고 있는 겁니다."

"알죠. 동맥 말고 봉합사를 보십시오."

"봉합사?"

"가까이들 오세요."

창하가 넷을 불러 모았다.

"응고된 혈액 때문에 잘 보이지 않겠군요. 하지만 이렇게 하면······."

처참한 동맥의 끝을 들어 보인다. 그러자 거기 매달린 봉합
사가 실체를 드러냈다.

"이게 어떻다는 거죠?"

보호자가 전문의를 바라본다.

"부검의의 설명을 들어보죠."

전문의가 보호자를 진정시켰다. 창하의 설명이 이어졌다.

"수술에 사용한 봉합사입니다. 혈전 부위의 경동맥 수술을
하고 다른 부위에서 가져온 혈관을 이식한 자리입니다. 봉합
술은 기가 막히군요. 미국의 특급 혈관 전문의들 못지않게 촘
촘하게 잘되었습니다."

"······."

"아시다시피 봉합은 그 화룡점정이 매듭입니다. 촘촘한 간
격도 중요하지만 결론은 매듭이죠. 그런데 이 봉합사에서는
매듭이 보이지 않습니다. 보시다시피 한쪽은 이렇게 맥없이
늘어졌고 다른 한쪽은 돼지 꼬리처럼 말려 있습니다."

"······?"

설명이 끝나기도 전에 교수의 안색이 창백하게 변해 버렸다.
그게 어떤 의미인지 알아챈 것이다.

"봉합사의 위치와 형태로 볼 때 한쪽 매듭이 허술하게 묶였
다는 겁니다. 다른 쪽이 수술 부위 안쪽으로 끌려 들어간 거
보이시죠? 확대경으로 확인한 결과 문제가 나왔습니다."

"……"

문제.

이제는 세 사람 모두의 안구에 힘이 들어갔다.

"매듭 커팅은 원래 가위로 해야 하는데 메스로 자른 겁니다. 정리하면 EEA, 즉 수기 단단연결술을 통한 문합 타이가 완벽하게 마무리되지 않은 상태에서 메스 커팅이 되었고 그게 조금씩 풀어지면서 혈관이……"

펑!

동맥이 터진 것이다.

"그러니까 결국은 의료사고라는 거죠?"

보호자 목소리가 떨렸다.

"몇 가지 더 확인하죠. 차후의 논쟁 방지를 위해 지금부터의 부검은 영상으로 남기겠습니다."

창하가 눈짓하자 원빈이 동영상을 찍기 시작했다. 창하가 경동맥에서 봉합사를 뽑아냈다. 각각의 끝에 확대경을 대니 절단면이 달랐다.

봉합사를 가위로 자르면 말단이 말린다. 그러나 메스로 자르면 깔끔하게 잘린다. 그대로 전자현미경상으로 옮겼다. 고배율로 확인한 순간, 교수 어깨가 파르르 떨렸다. 심근속관상동맥을 사인으로 밀어붙였던 병원 측. 엉뚱한 데서 태클이 걸리는 순간이었다.

매듭은 견고하게 묶고 봉합사는 가위로 자르는 게 원칙.

봉합사는 다양하다. 견사도 있고 복합사도 있다. 각매듭을 선택하든 외과의 매듭을 선택하든 의사의 재량이다. 그 또한 정답이 없으니 의사의 경험과 환자의 상황에 맞춰 선택하면 되는 것이다. 어떤 매듭이라도 견고한 매듭과 가위 절단은 외과의 철칙. 그 철칙을 다른 곳도 아닌 혈관외과에서, 다른 사람도 아닌 그 분야의 최고 권위자가 간과해 버린 것이다.

"그러니까 지금 부검의 선생의 말은 선천성심장기형과 상관없이 봉합의 문제로 혈관이 터졌다는 겁니까?"

교수가 각을 세우고 나왔다.

"보시다시피 다른 문제는 없습니다. 심근속관상동맥이 확인되지만 급사를 일으킬 정도로 심각하지 않습니다."

"급사라는 게 예정하고 나온답니까? 결국 근원은 거기예요."

"이보세요. 부검의는 부검 소견을 말하는 건데 왜 당신 생각을 강요합니까?"

보호자가 교수의 폭주를 막아섰다.

"아, 잠깐만요. 이러시면 네 분 다 유리 너머로 내보낼 겁니다. 진정들 하세요."

"진정할 문제입니까? 이 박사님은 이 분야의 세계적인 권위자입니다. 그런데 봉합의 문제라니? 이게 말이 되냐고요?"

교수는 여전히 고조되어 있었다. 경찰이 나서서 정리하고서야 분위기가 조금 풀어졌다.

"그렇다면 조금 더 들어가 볼까요?"

창하가 핀셋으로 봉합사를 펼쳐놓았다. 그런 다음 확대경을 교수에게 넘겨주었다.

"봉합사를 옭아맨 매듭 부분을 잘 보시기 바랍니다. 정확하게 네 번의 세로 매듭이 보일 겁니다. 그러나 남은 건 하나뿐이죠? 봉합의 문제가 아니라면 매듭 네 개가 고스란히 남아 있어야 합니다."

"⋯⋯!"

확대경을 살피던 교수 이마에서 식은땀이 떨어졌다. 창하의 말은 진실이었다.

"그렇다고 해도 이건 환자의 책임입니다. 절대안정을 취하라는 의료진의 말을 어긴 결과예요."

병원 측의 면피 드롭은 멈추지 않는다.

"마취에서 깨어난 환자가 격투기라도 했나요?"

창하가 물었다.

"뭐요?"

"제가 듣기로는 통상적인 가족 면회 한 차례밖에 없었다기에 묻는 겁니다."

"그때 지나치게 웃고 떠들었어요. 그게 목의 경동맥에 자극이 되면 아물지 않은 봉합이 터질 수 있는 거 아닙니까?"

"그렇다면 면회 자체를 막았어야죠?"

"⋯⋯."

"그러니까 부검의 말은 결국 병원 측의 과실이라는 겁니까?"

"저는 과실이 아니라 사망의 원인을 말하고 있는 겁니다."

"……."

교수의 미간이 통제 불능으로 꿈틀거렸다. 안경을 고쳐 쓴 그는 또 다른 면피책을 가져왔다.

"봉합의 문제라면 이건 봉합사 자체의 문제요. 병원이 아니라 봉합사 회사의 책임이라는 겁니다."

"그건 제가 아니라 봉합사 회사와 다툴 일이로군요. 이상으로 부검 마치겠습니다. 결과 내드릴 테니 모두 나가 계시기 바랍니다."

"이봐요."

교수는 물러나지 않았다. 그는 이태승의 주장을 관철해야 할 책임이 있었다. 그 교수의 라인이기 때문이었다. 이 바닥에서는 라인이 중요했다. 그렇기에 그냥 나갈 수가 없는 것이다.

"저는 더 드릴 말씀 없습니다. 그러니 저보다 차라리 수술 집도의에게 전화해 보시죠. 이런 결과가 나왔는데 어떻게 생각하냐고."

"……."

강철처럼 단단한 창하를 바라본 교수, 그 자리에서 이태승에게 전화를 걸었다. 진땀을 흘리며 설명하던 그의 목소리가 조금씩 내려앉는다.

혈관 수술 권위자 이태승.

그가 승복을 한 걸까?

그건 아니었다.

사무실에서 부검 과정을 종합할 때 들어온 전화가 증거였다.

―이 선생.

송대방이었다. 애정이 뚝뚝 묻어나는 목소리였다.

"교수님."

―내가 말한 부검 끝났나?

"예. 방금……."

―어떤가?

묻는 목소리가 조심스럽다. 창하에게 최대한의 예우를 해 주는 분위기였다.

"심근속관상동맥은 운 좋게 확인이 되었습니다."

―그래서?

"하지만 파국을 야기시킬 정도로 심각한 건 아니었습니다."

―부검 결과 내셨나?

"지금 준비 중입니다만."

―이 선생, 얘기는 들었네. 자네의 판단을 좀 유보해 주면 안 되겠나? 차라리 사인을 원인 불명으로 가면…….

"교수님, 지금 무슨 말씀을……."

창하가 정색을 했다.

―자네도 의사 아닌가? 이태승 박사, 전직 대통령 자문의까지 지낸 분이시네. 자네에게도 도움이 될 사람이야.

"방금 말씀은 못 들은 걸로 하겠습니다."

―이, 이 선……

딸깍!

창하가 전화를 끊었다. 핸드폰은 다시 울렸다. 이번에는 전원을 꺼버렸다. 그랬더니 책상의 전화기가 울린다. 그것도 내려놓았다.

잠시 잠잠하나 싶더니 길관민이 문을 열고 들어왔다.

"야, 이창하."

"예, 선배님."

"의료사고 부검했다며?"

"그렇습니다만."

"사인이 봉합사?"

"……?"

창하가 고개를 들었다. 송대방 교수에 이어 길관민까지 알고 있다니?

"사진 좀 보여주라."

"왜죠?"

"집도의가 혈관외과 권위자라며? 그런데 봉합 실수? 너, 그거 책임질 수 있냐? 잘나가는 후배, 한 방에 훅 갈까 봐 걱정되어서 왔다. 잠깐 좀 보자."

"보여 드리죠."

"그래. 그런 건 같이 결정하는 게 좋아."

"부검 결과서 낸 후에 보여 드리겠다는 말입니다."

"야, 이창하?"

안도하던 길관민의 표정이 확 일그러졌다.

"사인은 봉합 부주의로 인한……."

부주의를 강조한 창하, 일말의 주저도 없이 뒷말을 이어나
갔다.

제2장
—
돌이킬 수 없는 호기심

"살인!"

"야, 이창하!"

길관민이 폭주했다. 그러나 창하의 응수는 냉철 그 자체였다.

"저 부검 결과서 작성해야 합니다."

나가주시죠.

그 말이었다.

"너 보자 보자 하니까 너무 튄다? 부검 실력은 인정하지만 다른 선생님들도 전성기 때 그만한 업적은 이루었거든."

"……"

"이건 의료사고야. 여차하면 법정으로 가게 되어 있어. 법정에 증인으로 불려 다니면서 개고생한다고. 판사한테 쪼이고 변호사한테 까이고. 그러니까 선배가 챙겨줄 때 말 들어."

"그럼 이 부검 자체를 선배님께 넘길까요?"

"뭐야?"

"진실입니다. 팩트입니다. 부검의가 부검하고 시신이 말하는 대로 결과 내면 되는 거지 뭐가 그렇게 복잡합니까? 의료사고면 팩트가 바뀝니까?"

"바뀌지."

길관민은 수긍하지 않았다.

"무슨 말씀입니까?"

"바뀐다고. 나는 여러 차례 겪어봤어."

"선배님."

"부검 때문에 법정에 나가봤어? 더구나 이런 의료사고… 병원 측에서는 국내 최고 권위자들 내세워 실드를 치고 나와. 심장 문제로 사망에 이르는 온갖 경우를 들이댈 거야. 그걸 너 혼자서 막아야 해. 입증도 해야 하고. 그런데 중요한 건 우리는 재판의 부속품에 불과하다는 거야. 방금 살인이라고 했지만 그게 성립될 거 같아? 너도 의사니까 하는 말이지만 의사들이 빠져나갈 구멍은 얼마든지 있어."

"저도 압니다. 살인을 결정하는 건 제가 아니라 검찰이나 경찰이라는 거."

"알면서 왜 그래?"

"실수였겠죠. 하지만 여기는 국과수입니다. 보통 사람들 말입니다. 실수로 사람 죽이면 살인죄를 면합니까? 미필적고의라는 형용사를 붙여 결국 살인으로 가지 않습니까?"

"이창하."

"더구나 의사입니다. 더구나 동맥 수술입니다. 여기서는 실수가 나오면 안 됩니다. 봉합 실수라뇨? 차라리 초짜 인턴이 그랬다면 이해라도 하지요."

"그래서? 결국 고집대로 간다?"

"그보다 궁금한 게 있는데… 선배님은 지금 누굴 위해서 저에게 달려오신 겁니까? 접니까? 이태승 교수입니까? 그것도 아니면 송대방 교수님이거나 그분과 친한 다른 선생님들을 대변하기 위해섭니까?"

"야, 이창하?"

"저를 생각해서 오셨다면 이 말씀을 드리고 싶습니다. 우리가 챙겨야 할 건 선후배 라인이 아니라 사망의 의문을 풀기 위해 부검대에 오른 시신을 위한 진실이라는 것."

"……."

"주제넘었다면 이해 바랍니다. 지금 선배님 모습은 평상시 같지 않아서 말이죠."

창하가 발언을 끝냈다. 그야말로 압도적인 카리스마였다.

"후우."

길관민은 할 말을 잃었다. 결국 가운을 펄럭이며 방을 나가고 말았다.

탕.

문 닫히는 소리도 요란했다.

'뭐야?'

창하가 고개를 들었다. 송대방의 전화도 이해할 수 없었다. 하지만 그럴 수도 있다고 생각했다. 의사들의 세계, 한 다리 건너면 다 연결된다. 누군들 스펙에 치명타가 되는 치부를 덮고 싶지 않을까?

하지만 길관민까지 나서는 건 심했다. 그러나 문제는 길관민이 아니었다. 분명 그 위의 라인이 있었다. 그렇기에 창하의 직속 선배인 길관민을 내세운 것이다.

'그렇다면……'

창하가 일어섰다. 전공의 시절이라면 휘둘릴 수도 있었다. 하지만 이제는 그때가 아니었다. 창하 자신도 엄연히 국과수의 정식 검시관이었던 것.

똑똑!

노크를 했다.

"들어와요."

안에서 소리가 나왔다. 창하가 문을 열고 들어섰다.

"이 선생."

부검 자료를 보던 소장이 고개를 들었다.

"죄송하지만 자문이 필요해 왔습니다."

"자문? 국과수의 뜨는 별이 무슨 자문?"

소장이 웃었다. 비웃음은 아니었다.

"조금 전에 의료사고 시비가 걸린 부검을 끝냈습니다."

"그래서?"

소파로 내려온 소장이 물었다.

"쟁점은 심근속심근경색증으로 인한 돌발 사망이냐, 의료사
고냐였는데……."

창하가 아이패드에 부검 사진을 띄워놓았다.

"경동맥 수술 부위입니다."

"출혈이 엄청났군. 동맥류였나?"

"다음 사진을 보시면……."

"응? 봉합사?"

실 사진이 나오자 소장의 시선이 집중되었다.

"매듭을 확인해 주시오."

"매듭이라… 매듭의 문제였나? 응?"

매듭 장면을 짚어가던 소장이 발딱 고개를 들었다.

"봉합 실수?"

"예, 보시다시피 매듭 마무리가 소홀했습니다. 결국 이게 풀
리기 시작하면서 수술한 경동맥 부위가 터져 버린 거죠."

"심장기형은 그리 심각한 편은 아닌데?"

"제 생각도 그렇습니다. 이거 봉합 실수로 인한 사고사로 가려고 하는데 원장님 소견은 어떻습니까?"

"뭐 이 정도라면 그렇게 가는 수밖에."

"고맙습니다."

"자네가 애 많이 쓰는군. 이런 부검은 의학계 인맥이 동원될 수 있는 문제니 고참들이 하는 게 좋은데……."

"사망자의 보호자가 저를 지정하는 바람에 그렇게 되었다고 합니다."

"조금만 버티시게. 시간이 지나면 점점 익숙해질 거야."

"알겠습니다."

깍듯이 인사를 하고 나왔다. 피식 웃음이 나왔다. 이제는 소장도 공인한 일. 그러니 누구도 시비를 걸 수 없었다.

자리로 돌아와 사인을 채워 넣었다.

「살인」

그건 아니었다. 이태승 박사는 그럴 의사도 이유도 없었다.

「사망의 종류—사고사」

시원하게 사인을 함으로써 의료사고 부검에 종지부를 찍었다.

창하의 대응은 곧 빛을 발했다. 권우재가 대상자였다.

"어이, 이창하 선생."

문을 연 권우재, 문에 기댄 채 창하를 불렀다.

"들어오시지요."

"됐고, 의료사고 부검 건으로 말들이 많길래 와봤어."

권우재, 슬쩍 떠보는 포지션을 취한다.

"그거 방금 결과 냈는데요."

"뭐라고?"

"길 선배님처럼 저 염려해서 와주셨군요? 고맙습니다."

창하가 선수를 쳐버렸다.

"……?"

뜻밖의 전개에 잠시 주춤하는 권우재. 그 빈 곳으로 창하의 결정타가 날아갔다.

"곰곰이 생각해 보니 길 선배님 말도 일리가 있더군요. 그래서 소장님 조언 받아서 처리했습니다."

"뭐… 라… 고?"

"사고사, 소장님도 부검 사진 보시더니 동의하시던데요?"

"……!"

"그럼 저는 다음 부검 때문에……."

창하가 먼저 방을 나섰다.

'쿡쿡!'

복도로 나와서야 참았던 웃음이 터져 나왔다. 권우재 얼굴이 멋대로 구겨졌을 건 보지 않아도 알 수 있었다. 자판기에서 사이다를 뽑았다. 반 캔을 원샷했다. 짜릿하게 목을 타고 내려가는 사이다 맛이 미치도록 시원했다.

두 번째 부검은 합동 부검이었다. 시신이 둘일 때 종종 일어나는 배정이었다. 창하의 짝은 소예나 검시관이었다. 그런데, 막상 부검대실 안에는 권우재가 들어와 있었다.

"소 선생은 갑자기 복통이 와서 반가를 냈네."

"……."

"왜? 길 선생하고 바꿔줄까?"

"아닙니다."

가볍게 웃어넘기고 말았다. 권우재는 소예나와 친하다. 그녀가 아프다니 인심을 쓴 모양. 방금 전의 사건이 마음에 걸리긴 하지만 업무는 업무. 공사를 구분해야 하니 군소리 따위는 하지 않았다.

"청춘 남녀가 한데 엎어져서 죽은 시신이라더군. 들었나?"

"아직요."

"돈 많은 집안 것들이 섹스 파티라도 벌이다 가셨나?"

권우재가 창밖을 내다본다. 경찰 차량이 도착하고 있었다.

잠시 후, 을지경찰서의 강력과장과 팀장이 함께 들어왔다. 과장이 뜬다는 것, 이 사건 역시 비중이 있다는 뜻이었다. 대

개의 시신은 형사가 운구해 오는 게 관행이기 때문이다.

팀장이 아이패드 화면을 열었다. 고급 오피스텔이었다. 다음 화면이 나오자 창하와 권우재의 시선이 집중되었다. 유럽풍의 기막힌 욕실이었다. 얼마 전에 자기색정사로 세상을 뜬 디자이너의 욕실은 저리 가라 할 정도로 럭셔리하게 보였다.

"승리전자 박봉규 회장 소유입니다. 분양가만 25억을 넘었던 곳이죠."

팀장의 부연 설명과 함께 문제의 화면이 나왔다. 젊은 남녀의 시신이었다. 팀장은 사무적으로 다양한 각도의 현장 사진을 넘겼다. 욕실이다. 여자는 엎어져 있고 남자는 그 옆에 큰 대자 형상으로 누웠다. 벽에 걸린 샤워기에서는 물이 나오고 욕조에서도 물이 가득 넘친다. 창하가 시신 쪽의 화면을 키웠다.

"……!"

두 시신은 엄청난 멍이 들었다. 얼굴을 시작으로 목, 가슴, 팔, 다리까지 성한 데가 없었다. 화면이 넘어가자 여자의 후두부가 보였다. 머리에도 상처가 보였다.

"어떻습니까?"

팀장이 창하와 권우재를 바라보았다.

"난해하네."

권우재의 첫마디는 퉁명스럽다. 권우재와 이들 강력 팀은 몇 번 부검의 인연이 있는 사이였다.

"그렇죠?"

옆에 있던 과장이 대화에 끼어들었다.

"청춘 남녀가 함께 죽으면 보통 음독자살이 많은데 약물 같은 것도 나오지 않았습니다. 둘 다 마약 복용 전력도 없고요. 더한 건 이 두 사람은 이 오피스텔에 사는 사람이 아니라는 겁니다."

"그럼 외부 침입자란 말인가요?"

권우재 목소리에 힘이 들어간다.

"현재 이 오피스텔은 박 회장의 장남이 사용하고 있는데 죽은 남자가 자기 친구의 한 명이라고 합니다. 하지만 왜 이 친구가 자기 집에 갔는지 모르겠다고……."

"현관이 디지털 키입니까?"

"예."

"집은 빈집이었고요?"

"예, 장남은 애인과 2박으로 제주도에 가 있었습니다."

"그럼 번호 따고 들어간 모양이군요. 부자 친구 없을 때 여친 데리고 가서 폼 한번 잡아보려고……."

"그런데……."

과장의 시선이 화면으로 옮겨 갔다. 멍투성이로 숨이 멈춘 두 사람이었다.

"그림만 봐서는 3자에게 엄청난 폭행을 당한 것도 같고… 어때, 우리 이 선생 생각은?"

권우재가 창하 의견을 물었다. 목에는 힘이 점점 더 들어간다. 고참 검시관의 위엄을 마음껏 누리는 것이다.

"그런 느낌도 있네요."

"그 집 주인 소행 아닐까요?"

권우재가 팀장에게 물었다.

"장남은 어젯밤에 제주도에 있었습니다. 그건 확실합니다."

"그럼 대체……."

"용의자가 있기는 합니다. 바로 이 현장을 발견한 친구……."

팀장이 사건 메모첩을 꺼내 들었다.

"지용배라고 역시 집주인 친구의 하나인데 홍대 클럽에 헌팅 나갔다가 S급 몸매의 아이돌 연습생을 만난 모양입니다. 장남이 제주도 간 건 알고 있었고 비밀번호도 알고 있었으니 오피스텔로 데려갔나 봅니다. 본인 말로는 전에도 이틀 정도 몰래 사용했다고 합니다. 알고 보니 이 오피스텔이 이 멤버들 헌팅 장소로 많이 이용했더군요. 더러는 허락을 받고 빌려 쓰기도 하고요. 그래서 비밀번호 아는 친구가 한둘이 아니었습니다."

"아무튼 제1 용의자군요?"

"하지만 이 친구 역시 알리바이가 확실합니다. 홍대에서 카드 계산하고 이 오피스텔까지 간 시간을 계산하니 이렇게 엄청난 사건을 벌일 간격이 없었습니다. 만취상태로 운전하고 와서 오피스텔에 들어서자마자 아이돌급 여자를 침대에다 벗겨놓고 소변을 보러 간 사이에 현장을 목격한 거죠."

"재수도 없는 친구로군요."

권우재가 헛웃음을 지었다. S급 대어 헌팅에 성공해 친구 오피스텔까지 꼬셔 가는 데 성공한 남자. 그 황홀한 기대가 지옥으로 바뀐 것이다.

"주변 지역 폭력배들은 어떤가요?"

"그게 문제이긴 합니다. 이 오피스텔에도 저희가 관리하는 성폭력범이나 둘이나 살고 있거든요. 하지만 이 층이 로얄층이라 사생활 보호 차원에서 CCTV를 달지 않아서……."

"일단 시신부터 볼까?"

권우재가 일어섰다. 당연한 수순이었다.

부검실에 들어선 창하, 라텍스 장갑을 단단하게 당겼다. 오늘 어시스트는 권우재 팀 중심이었다. 창하의 어시스트로는 광배가 자리를 잡았다. 권우재의 경력이 우세하니 그쪽 중심으로 팀을 꾸린 것이다.

부검대 위에 누운 시신은 젊었다. 재벌가의 장남 행실은 보지 않아도 망나니. 하지만 이 두 시신은 유흥과 향락을 좇는 쪽과는 거리가 멀어 보였다.

남성 24세.

여성 25세.

여자의 얼굴은 엉망이지만 머리 상태와 손톱, 액세서리 등으로 보아 클럽 죽순이와는 다른 분위기였다. 남자 역시 선량하다는 느낌이 먼저 와닿았다.

"여자는 내가 맡지. 남자는 이 선생이 보시게. 다 본 다음에 종합하자고."

권우재가 메스를 잡았다.

가까이서 보니 여자 얼굴은 차마 못 봐줄 정도였다. 얼굴 전체가 멍투성이였으니 안구에도 출혈이 있었다. 목에도 상흔이 있으니 목을 졸린 흔적이었다. 머리카락을 훑으니 수십 가닥이 흘러나왔다. 후두부에는 짓이겨진 상처……

유두 부근의 멍도 장난이 아니었다. 권우재의 시선이 더 아래로 내려갔다. 여자의 상징 역시 무사하지 못했다. 질 부근에 난폭한 행위의 흔적이 역력했다.

"성폭행이네. 누군가 두 사람을 따라와 성관계하려는 순간에 폭행한 거 아닐까? 남자가 반항하니 마구 때려서 기절시키고 여자를 성폭행한 후에 목을 졸라 죽이고 도주… 여자 손톱에 뭔가 있는 것 같으니 검사해 보면 답 나올 거 같은데?"

권우재가 여자의 질과 손톱 밑에서 샘플을 채취했다. 하지만 제3의 정액은 나오지 않았다. 죽은 남자의 DNA가 확인되지만 그건 사인 규명에 도움이 되지 않는다. 게다가 손톱 밑의 이물 역시 죽은 남자의 것으로 판명이 되었다.

그렇다면 남자가 여자를 죽였다는 뜻이 된다.

그럼 남자는 누가?

답이 성립되지 않으니 부검은 계속 진행되었다. 심근경색이나 뇌출혈은 없었다. 남녀에게 특징적인 것은 오직 심각한 멍이 전부였던 것. 창하의 시선은 그 멍에 있었다. 무릎과 팔꿈치의 찰과상과 타박상 등을 세밀하게 체크했다. 그런 다음 손목과 엉덩이 부분까지 확인을 마치고 찰과상의 샘플을 떼어낸 후에야 질문 하나를 내놓았다.

"혹시 샤워기의 물과 욕조 물의 온도를 확인했습니까?"

"예."

"찬물이었죠?"

찬물!

그 단어에 창하의 방점이 실렸다.

"예."

팀장이 답했다.

"그렇다면 답은 여기 있을 것 같습니다."

창하가 집어 든 것은 남자와 여자의 위에서 채취한 내용물이었다.

'위액?'

권우재와 과장, 팀장의 반응은 생뚱맞다는 쪽이었다.

*　　　　　*　　　　　*

"위액?"

권우재가 미간을 구겼다.

"혈액검사도 병행하면 좋을 것 같고요."

"약을 의심하는 건가? 마약 복용 전력은 없다지 않나?"

"그건 맞습니다. 양측 부모들과 주변 조사도 끝냈는데 둘 다 굉장히 착실한 사람으로 마약 같은 건 근처에도 안 가는 사람들이랍니다."

팀장이 권우재를 거들고 나섰다.

"상황에 적합한 가능성을 고려해 보자는 겁니다."

창하는 간단히 답했다.

부검은 사망의 원인을 밝히는 과정이다. 간단하게 사인이 나온다면 굳이 여러 검사를 병행할 필요가 없지만 그렇지 않다면, 가능성이 높은 것부터 차곡차곡 실시해 가는 게 옳았다.

"내 경험상 이 정도로 뽕이 가려면 마약 상습범들이어야 하는데 그렇다면 주사야. 하지만 손목에도 엉덩이에도 주사 자국이 없지 않나? 현장에서도 주사기가 발견되지 않았고."

권우재는 여전히 마뜩잖은 표정.

"그래도 일단 체크해 보시는 게……."

"좋을 대로 하게. 하지만 폭행으로 인한 뇌출혈 쪽 가능성이 높으니 좀 더 상세히 체크해 보게나."

"그렇게 하겠습니다."

검사 샘플을 보내고 뇌 검사를 다시 실시했다. 권우재의 말은 허황된 것이 아니었다. 심장에 큰 이상이 없다면 뇌 쪽이 단서가 된다. 여기서도 사인이 나오지 않으면 음독자살이다. 하지만 음독으로 보기에는 현장과의 괴리가 너무 컸다. 동반 음독자살자들에게서 엿보이는 정황도 없었다.

"아, 척 봐도 폭력배 놈들 짓 같은데 시간 좀 걸리게 생겼네."

과장이 머리를 긁어댔다.

그때 인터폰이 울렸다. 가까운 곳에 있던 광배가 그걸 받았다.

"위액에서 히로뽕이 다량으로 나왔답니다."

"······!"

그 한마디에 부검실 전체가 반응을 했다.

히로뽕?

게다가 위액에서?

"현장에 히로뽕 흔적 같은 건 없었습니까?"

창하가 팀장에게 물었다.

"없었습니다."

"현장을 다시 한번 수색해 주시겠습니까?"

"예?"

"아마 나올 겁니다. 그러면 제가 사인을 설명해 드리겠습니다."

"이 선생."

권우재가 창하를 제지했다. 하지만 창하의 눈빛은 결코 흔들리지 않았다.

"지금 그 말씀은?"

팀장의 짬밥 눈치가 빛을 발한다. 창하의 의도를 알아차린 것.

끄덕!

창하는 고개의 끄덕임으로 답을 대신했다.

"이봐요. 이 검시관님, 그 오피스텔은 박봉규 회장 소유입니다. 파장을 생각해서라도 시신 부검에 집중하는 게⋯⋯."

과장이 끼어들었다.

"파장은 무슨 뜻이죠? 지금 사인을 밝혀달라고 부검 요청하신 거 아닙니까?"

"그렇기는 하지만⋯⋯."

"히로뽕이 나왔습니다. 팩트죠. 그런데 이 두 사람은 평소 뽕을 안 하는 사람입니다. 그럼 그 뽕은 어디서 났을까요? 아까 설명하시길 그 회장의 장남이 클럽 단골이면서 이 오피스텔을 헌팅 장소로 쓴다고 하지 않았습니까?"

"⋯⋯."

"어차피 사인이 나가면 뽕의 출처를 밝혀야 할 일입니다. 죽은 두 사람의 뽕 전력은 없는 것으로 확인하셨다니 화살은 누구에게 갈까요? 의혹이 눈덩이처럼 커지기 전에 명쾌하게 짚고 가는 게 좋지 않을까요?"

창하 말을 들은 과장, 한참을 고민한 후에야 현장에 있는 형사들에게 전화를 걸었다. 회장 아들의 반발 속에 정밀 수색이 진행되었다. 결국 뽕이 나왔다.

"뽕이 나왔다는군요. 회장 아들은 자기는 모르는 일이라고 하고……."

"포장은요?"

"1g 단위 두 봉이 있답니다."

"검출 농도로 보아 1g을 하나씩 먹은 모양이군요. 보통 0.03g~0.05g이 1회 투약분인데 내성이 없는 사람은 1g으로도 치사량이 될 수 있습니다."

"……."

"그 처리는 과장님이 알아서 하시고 사인 설명 드리겠습니다."

창하가 시신 앞으로 나섰다.

"두 사람, 어떻게 된 건지는 모르지만 빈 오피스텔에 들어갑니다. 회장 아들이 허락했을 수도 있고 빈 것을 알고 하루 즐기러 갔을 수도 있습니다."

남자 시신의 멍을 바라본 창하가 말을 이어나갔다.

"남자는 그 오피스텔에 히로뽕이 있다는 걸 알고 있습니다. 호기심에 한 봉지를 꺼내 듭니다. 하지만 직접 사용해 보지 않아서 얼마를 먹어야 하는지 모릅니다. 그래서 그냥 한 봉씩

나누어 먹습니다. 그런 다음에 사랑에 불타올랐겠죠."

"……."

"히로뽕의 효과는 다양합니다. 환각이 높아지고 피로도 날아가는 것 같고 파워가 세지는 작용도 합니다."

"……."

"거기 하나 더하자면 공격성이죠. 히로뽕에 취하면 폭력적으로 변하기도 하지요."

"……."

"아무도 없는 멋진 오피스텔, 둘은 미치도록 불타오릅니다. 그런데 이 정도 양을 먹게 되면 체온이 확 올라갑니다. 히로뽕은 땀을 흘리게 하는 작용도 있거든요."

"……."

"젊은 파워의 애정 행각에 약 기운이 더해지면서 몸이 용광로가 됩니다. 둘은 욕실로 갑니다. 거기서 '찬물'을 튼 겁니다."

찬물!

욕조와 샤워기에서 찬물이 나온 이유를 밝혔다. 물이 나온 곳은 두 곳이었다. 남녀가 각각 몸을 적셨다고 볼 수 있었다. 남자는 몰라도 여자들은 대개 찬물을 좋아하지 않는다. 정상적이었다면 적당한 온수가 나왔어야 할 상황. 그렇기에 찬물에 주목하던 창하였다.

"찬물에 몸을 적시니 조금 나아졌겠지요. 다시 욕망이 격렬해집니다. 욕조 안에서, 타일 위에서 둘은 약 기운에 아픈 줄도 모르고 광적으로 불타오릅니다. 치받는 감정을 제어할 수 없으니 머리를 짓이기기도 하고 누르고 때리고 뭉개기도 하면서……."

"……."

"때로는 여자가 위에서, 또 때로는 남자가 위에서… 남자 무릎과 팔꿈치를 보시죠. 멍에 더불어 찰과상이 심합니다. 보통 딱딱한 바닥에서 관계할 때 입게 되는 찰과상과 일치합니다. 부위가 넓은 것은 격렬함 때문인데 바닥타일이 미끄럼 방지용이라 표면이 거친 것도 한 이유입니다. 팔꿈치 역시 같은 이유니 두 곳의 샘플을 검사하면 타일 성분이 나올 겁니다. 마찬가지로 욕실의 타올도 하나하나 샘플을 따시기 바랍니다."

"그럼 여자의 목과 후두부 타박상은?"

과장의 질문이 나왔다.

"남자의 흥분이 극한에 달했겠죠. 목을 누르고 머리를 과격하게 흔들다 보니 짓이기게 되고… 살인의 의도는 없었겠지만 히로뽕의 농도 때문에 제어가 안 된 겁니다."

"그럼 남자가 죽은 건요?"

"그 역시 히로뽕 과용이었죠. 결국 약 기운이 정점에 달하면서 숨이 멈추게 됩니다. 여자 옆으로 스르르……. 마지막으로 역시 멍입니다. 권 선생님이 더 잘 아시겠지만 폭력에 의한 것으로 보기 어렵습니다. 얼굴과 무릎 안쪽의 손상이 완전히 다르죠? 얼굴은 상호 과격이었기 때문에 폭행의 흔적이 조직까지 뚜렷하지만 무릎과 팔꿈치는 아주 단순합니다."

"……."

"여기까지가 제 의견입니다. 결과는 권 선생님이 해주시죠."

이번 부검의 선임은 권우재. 겸손하게 그를 대우해 주었다.

「사망의 원인—약물중독, 사망의 종류—사고사」

잠시 숙고하던 권우재, 군소리 없이 창하의 의견대로 부검 결과서를 내주었다. 파랗게 질린 건 과장이었다. 그가 불쌍한 새처럼 권우재를 바라본다. 그가 원한 건 차라리 폭행 사망이었다. 이렇게 되면 재벌 아들의 마약 투약까지 쟁점이 된다. 자칫 엄청난 사회문제가 될 수 있었다. 권우재의 팔을 당겨 뭐라고 귀엣말을 던지지만 권우재는 창하를 가리킬 뿐이다.

더 복잡한 의료사고도 소신대로 해치운 창하였다. 삶은 호박에 이빨도 안 들어갈 일이었으니 누울 자리를 아는 권우재는 발을 뻗지 않았다.

창하의 판단은 대부분 적중했다. 회장의 아들은 유학 다녀온 친구에게 마약을 배우고 구했다. 친구들에게 자랑하며 권하기도 했다.

"피로회복제다, 쪼잔한 자식들아. 인생 한 번 살지 두 번 사냐?"

사망자만은 매번 그 유혹을 거절했다. 그러나 내심 호기심
은 있었다.

회장 아들이 마약 두는 곳을 알고 있던 사망자, 호화 오피
스텔에 여친을 데리고 오니 호기심이 폭발했다. 결국 용량도
모른 채 일반약 수준으로 털어 넣은 결과가 부검대 위였던
것.

"그러게 마약은 아무나 하나."

시신이 나가자 광배가 혀를 찼다. 창하는 백번 공감이었다.
호기심에 투약한 두 사람. 지상 최고의 쾌락을 맛보았는지는
모르겠지만 그들 자신과 남은 가족에게는 지상 최고의 충격
이 되었다.

"다음 부검 있죠? 얼른 하고 쉬자고요."

목숨에는 다음 기회가 없다.

찜찜한 기분을 달래려 다음 차례로 넘어갔다.

딸깍!

다시 부검 루틴이 시작되었다. 국과수 부검대가 텅텅 비는
날이 오면 좋겠지만 그건 상상일 뿐이다. 문이 열리면 부검대
에는 시신이 놓여 있다. 들어서는 순간 부검이 시작되는 것이
다.

이번 시신은 대학생이었다. 공사 후에 생긴 물웅덩이에 빠

져 사망했다. 바로 발견되지 않아 부패가 진행되었다. 쟁점은 보상이었다. 공사 업체에서는 술이 취해 실족했을 거라며 터무니없는 보상금을 내밀었고 부모는 술 마시는 아이가 아니라고 맞섰다.

부검과 함께 혈액검사를 하니 알코올이 검출되었다. 참관한 공사 업체 이사가 쾌재를 불렀다. 반대로 대학생의 어머니는 안색이 파랗게 질려 버렸다.

알코올 검출.

그 희비는 창하로 인해 방향이 바뀌었다.

"이 알코올은 음주가 아니라 부패로 인한 알코올입니다."

"……?"

이사의 표정이 돌변했다.

"무슨 소리입니까? 술을 마셨으니까 알코올이 나온 거지."

"시신이 부패하면 술을 마시지 않아도 알코올이 생성됩니다."

"뭐라고요?"

흥분하는 이사에게 사례를 들어주었다. 부패의 정도에 따라 검출되는 알코올의 양에 관한 연구였다. 그 결과 익사자의 혈액에서 나온 알코올 수치는 부패 기간과 비례에 거의 맞아떨어지고 있었다.

"부검 마치겠습니다."

"아이고."

어머니가 울음을 터뜨렸다. 술 한 모금 안 마시는 착한 아들. 엉성한 웅덩이 관리로 인해 목숨을 잃은 것도 억울한데 주정꾼 누명을 씌우니 억장이 무너졌던 것.

"돈보다 선생님 결과가 더 큰 위로입니다. 고맙습니다."

어머니는 인사를 잊지 않았다.

"아, 저놈의 보상금, 보험금……."

시신이 나가자 원빈이 몸서리를 쳤다.

"결국 돈이잖아요."

광배도 장단을 맞춘다.

"그래. 결국 힘 있는 것들은 어떻게든 보상금, 보험금 안 주려고 하고… 오늘도 이 선생님 아니었으면 저 아주머니가 덤터기 쓸 가능성 높았지."

"하지만 이러다가 모든 부검이 이 선생님에게 몰리는 거 아닌가 모르겠어요."

"음, 그건 좀 그렇지? 약아빠진 검시관 선생들은 그 핑계로 어려운 부검 쏙쏙 빠지고……."

"저 때문에… 죄송합니다."

창하가 유감을 표했다. 창하가 잘나갈수록 피곤해지는 두 사람이기 때문이었다.

"무슨 말씀이세요. 솔직히 다른 분들 어시 할 때는 심부름꾼 취급이지만 선생님 어시 하면 동료로 인정받는 거 같아서 기분 좋습니다. 그러니 그런 말씀 마세요."

"동료라뇨? 제 선배님들이신데……."

"아무튼 이제부터 국과수 내의 역학 관계도 신경 쓰셔야 할 겁니다. 검시관 선생님들 중에도 해바라기 많거든요."

노련한 광배가 속내를 비쳤다.

"해바라기요?"

"슬쩍슬쩍 권력자나 갑들 편들어주는 사람들요. 옛날에 엄상탁이라는 분이 대단했는데 그 라인이 아직도 남아 있거든요. 게다가 부검이라는 게 수술과 같아서 합동 부검이 아니면 결과는 부검의 자신만 아는 것이니……."

"엄상탁을 아세요?"

창하가 반응했다. 아버지를 부검한 파렴치한 부검의. 어떻게 반응하지 않을 수 있을까?

"우 선생은 모르지만 저는 알죠. 10여 년 전에 그 양반이 암으로 죽자 대학교수 자리 물려받아 나간 송대방 선생도 알고 보면 그 라인이고……."

"송대방이면 지금 신라대학병원 교수님요?"

"예."

"그분이 엄상탁 라인이란 말씀입니까?"

"그럼요. 제가 송 선생 밑에서 어시스트 5년쯤 했잖습니까? 정치력이 엄상탁 뺨치는 사람이죠. 낮에는 부검의지만 밤에는 브로커들 만나느라 바빴어요."

"여기도 브로커가 있나요?"

"브로커가 뭐 따로 있나요? 전에는 보험이나 상속, 시국 사건 같은 데 끼어드는 퇴직자들이 있었는데 송 선생이 연결 파이프였어요."

"허얼."

"선생님이 신라대학병원 출신이잖아요? 조심스러워서 말씀 안 드렸는데 이제는 선생님 인품을 아니까……."

"그럼 송대방 교수님도 사인 조작을 한다는 겁니까?"

"과거에는 왜 큼지막한 사건들 많았잖아요? 외압이다 뭐다 하지만 알아서 긴 사람들도 많아요."

"하지만 그분은 정권에 맞선 부검 결과로 스타가 되신 분인데……."

"그게 그분의 백미였죠. 평소에는 사명감에 불타는 척하다가 결정적인 때 한 방……."

"……."

"주제넘게 말씀드리는 건 선생님은 오직 진실을 찾아내는 칼잡이로 남았으면 하는 바람에서……."

"아직도 그런 사람들이 있다는 겁니까?"

"옛날하고 달리 많이 자정되었죠. 그러나 없다고는 말할 수 없습니다."

"맙소사, 송 교수님이……."

머리가 띵해왔다.

송대방 교수.

존경하던 교수는 아니었다. 그러나 국과수의 무용담에 섞인 그의 사명감만은 높은 점수를 주고 있었다. 하지만 내부의 평은 완전히 반전이었다. 나동광 서장에 가까운 인간형인 것이다. 게다가 엄상탁 라인?

'결국 오늘 경동맥 부검 전화도……'

지인을 위한 게 아니다.

부정한 청탁의 일종이다. 창하가 말을 안 들으니 다른 라인까지 동원했다.

'결국 그런 인간이었어?'

감을 잡은 창하의 머리카락이 우수수 솟구쳤다.

제3장
—
충격적인 사인 조작

"술?"

주차장으로 나온 피경철이 창하를 바라보았다. 어느새 저녁 아홉 시. 이때까지 부검에 매진한 피경철이었다.

"그동안 국과수 시스템 배우는 데 정신이 없다 보니 선생님께 대접 한 번 못 해드렸습니다."

"대접이라면 내가 해야지. 이 선생 덕분에 요즘 얼마나 널널한데."

"널널하신데 이 저녁까지 근무를 하세요?"

"어쩌겠나? 태어나는 시간은 예정이라도 있지만 사람 죽는 시간은 예정이 없으니. 장례식장에서 기다리는 유족 생각도

나고……."

"간단하게, 괜찮겠습니까? 지난번 턱 내신 것도 있고……."

"내장탕으로 복수하려는 건 아니겠지?"

"좋아하시면 거기로 가셔도 됩니다."

"뭐 싫어하는 건 아니지만 좋은 자리에서 내장 자를 수 있나? 내가 가는 허름한 정종집 있는데 괜찮겠나?"

"어디든 콜입니다."

"그럼 가세. 그렇잖아도 집에 가서 맥주나 한잔하려던 참이니……."

피경철의 차가 앞장을 섰다.

"박사님 오셨습니까?"

정종집에 들어서자 주인이 피경철을 반겼다. 오래된 통나무로 된 풍경이 옛날 정종집 분위기를 제대로 내고 있었다.

"아이코, 이분이 그분이군요?"

주인은 창하를 알아보았다.

"고 사장님, 우리 이창하 선생 알아보겠어요?"

"그럼요. 요즘 핫하신 부검의 아니십니까?"

"역시… 우리 이 선생, 인기 스타라니까."

"무슨 말씀을……."

두 사람의 대화에 창하가 얼굴을 붉혔다.

"인사하시게. 우리 고 사장님, 내가 이 집 20년 단골이야."

"이야, 20년이나요?"

"여기가 원래 서울 사무소 있던 자리거든. 그때는 여기가 대표 국과수였지."

"아⋯⋯."

"사장님, 우리 이 선생이 스타인 거 아신다니 오늘 맛난 것 많이 좀 주십시오. 기특하게도 저한테 한잔 쏜다니 가오 좀 세워야 하지 않겠습니까?"

"그러죠. 저야 피 박사님 편이니까."

주인이 주방으로 향했다.

"분위기 어때? 전에 길 선생 한 번 데려왔더니 뒷말 좀 나오던데 이 선생 분위기는 아니지?"

"아니, 괜찮습니다. 좋은데요, 뭐."

"그래. 좋게 보면 고풍스럽고 나쁘게 보면 구린 곳이지. 그래도 안주 맛은 가심비 최고니까 한번 참아보시게."

"그런데 사무실 근처에도 술집 많은데⋯⋯."

"왜 여기로 오냐고?"

"예⋯⋯."

"초심 찾으려고."

"예?"

"초심 말이야, 내 중심 잡아주신 게 여기 사장님이시거든."

"예?"

"내가 부검 메스 잡고 한 2년 됐었지? 폭행으로 숨진 시신 하나가 배정되었어. 메스를 대고 머리를 열었더니 뇌동맥류가 있더라고. 그게 파열되어 숨졌는데……."

허공을 바라보던 피경철이 나지막이 말을 이어갔다.

"이게 좀 복잡한 게 폭행 때 머리를 맞은 거야. 뇌동맥류 파열이 폭행에 의한 것이냐 원래 질환이었냐가 쟁점이 되었어. 그런데 가해자가 아버지가 지방검찰청 지검장이더라고. 피해자가 다닌 병원에서 동맥류 의료기록을 가져와서 딜을 하는 거야. 아들 신세 망치게 생겼으니 편의 한번 봐달라고."

"……?"

"뭔지 알겠지? 사망의 종류를 병사 쪽으로 가달라는 거야."

"……."

"아찔했지. 비록 뇌동맥류가 있기는 해도 폭행으로 유발된 악화로 보였거든. 게다가 맞은 사람은 가난한 40대 후반의 청소부. 가해자가 술 마시고 운전하다가 그 리어카를 치었는데 적반하장 격으로 욕설을 퍼부으니 청소부가 항의, 꼴에 격분한 가해자가 차에서 내려 폭행을 가한 거야."

'아.'

창하 머리가 아뜩해졌다. 듣기만 해도 열이 뻗쳐오른다. 과거의 이야기라지만 면면히 이어지는 권력의 횡포와 을의 서러움…….

"내가 망설이니까 그 당시 과장까지 나서서 설득하더라고. 큰 말썽 없을 일이니까 좋은 게 좋을 거로 가자고. 그러면 내 검시관 생활이 편해질 거라나?"

"선생님……."

"타살이라고 적고 사표 던졌어. 당시 신문에 청소부 딸이 울부짖는 사진이 실렸는데 나 좋자고 그 어린애 가슴에 비수 꽂기 싫더라고."

"……."

"내가 그거 고민할 때 그 신문사진 보여준 사람이 바로 여기 고 사장님이셨다네."

"예?"

"그 사진 아니었으면 인간 피경철도 양심 팔아먹었을지 몰라. 실제로 돈 봉투 앞에서 고민도 했으니까."

"선생님……."

"그때 지은 패씸죄가 소위 폭망 스펙의 출발이었네. 사표는 반려되었지만 승진이나 해외 파견, 연수 등은 언제나 막차였지."

"그런 일이……."

"그렇잖아도 언젠가 여기로 자네 한번 데려오고 싶었네. 내가 걸어온 길을 강권할 생각은 없지만 이렇게 살아온 선배도 있다는 거 한 번은 기억했으면 해서……."

"선생님이 뭐 어때서요? 대단하셨습니다."

"실력자 후배에게 인정을 받으니 기분은 좋군."

피경철이 웃을 때 안주가 나왔다. 꽁치와 함께 구워낸 신김치였다. 미치도록 소박하지만 홀리도록 정종과 잘 맞았다. 게

다가 가격은 또 왜 이렇게 착할까?

"지금 잘하고 있네. 국과수 에이스, 내가 붙인 말은 아니지만 잘 어울려. 길 선생은 물론 권 선생과 소 선생에게도 휘둘리지 않고 있고."

"실은 오늘 좀 안 좋은 일이 있었습니다."

창하가 본론의 포문을 열고 나왔다.

"말해보시게."

"의료사고 부검 일인데……."

"청탁이 있었나?"

내공으로 눈치를 차린 피경철, 눈빛이 진지해졌다.

"아마도……."

"누군가?"

"제가 알고 싶은 건 지역 검시관인 송대방 교수님인데 선생님도 잘 아시는 분인지요?"

"송대방?"

피경철이 마시던 잔을 내려놓았다.

"어떤 의미에서 묻는 것인가?"

"과거 국과수에 근무하던 엄상탁 씨와 각별한 관계라고 해서요."

"자네 귀에도 엄상탁의 소문이 들어갔나?"

피경철의 입가에 쓴웃음이 스쳐 갔다.

"제 아버지의 부검을 조작하신 분입니다."

"이 선생 아버지?"

피경철의 눈빛이 튀었다. 국과수 직원들은 아버지 사건의 재수사에 대해 알지 못했다. 알릴 필요도 없었기 때문.

"맙소사, 그 양반의 악행이 이 선생한테까지 연결되었단 말인가?"

"퇴근하기 전에 NFIS를 뒤져봤는데 의심스러운 부검 결과들이 여러 건 있더군요. 솔직히 말하면 송대방 교수님도요."

"……"

"게다가 그중 한 건은 저를 데려와서 부검한 아이돌 출신 여자의 부검이었습니다."

"……!"

"선배님들 일이니 제가 관여할 수 없겠지만 부득 저와 관여되는 일이다 보니 선생님께 묻게 되었습니다."

"엄상탁 그 양반이 자네 선친 부검까지 조작했다?"

"그분이 있던 대학병원에서 부검을 했는데 등에 찍힌 핸드마크를 무시하고, 쓰러져서 구를 때와 밀어서 구를 때를 구분하지 않았습니다."

"지난번에 내게 보여준 그 핸드 마크?"

"다행히 검찰의 재수사로 범인은 잡았습니다만 송대방 교수가 엄상탁의 라인이라는 소문을 듣고 보니……"

"허어, 이 사람들이 정말……"

피경철이 정종잔을 급히 비워냈다. 창하가 따라주니 한 잔을 더 원샷 해버린다. 그런 다음, 숨을 고르고서야 무거운 입술을 떼었다.

"사실이네. 송대방 교수가 엄상탁의 그림자였다는 것."

"……?"

"엄상탁 선생은 대단했지. 실세들과의 교분에 온갖 정치적 부검의 독점… 오죽하면 국과수의 예산까지 주물렀을 정도라네."

"그 정도였습니까?"

"중앙 부처는 물론 청와대까지 선이 닿았으니까. 당시의 소장은 바지 소장이라는 말까지 공공연히 나왔어."

"……."

"그 추종자가 송대방이었지. 포스트 엄으로 불렸어. 엄상탁이 교수로 영전하고 나가자 그의 자산을 물려받아 권세를 누렸고 엄상탁 사후에는 교수 자리까지 승계했으니까."

"부검은요? 엄상탁처럼 조작을?"

"당연한 것 아니겠나? 때로는 엄상탁의 오더를 받았고 또 때로는 자신이 개척한 인맥들이 내려주는 청탁을 받았지. 송 교수가 타고 다니는 아우디 알고 있나?"

"예……."

"여기 그만둘 때 모 재벌이 사준 거라는 소문이 파다했네."

"재벌이라고요?"

"국과수에서의 마지막 부검… 모 재벌의 숨겨둔 여자라는 설이 있었지. 급사로 왔지만 언론에서는 약물 과용이라는 의혹이 돌았고. 송대방 교수가 집도를 했는데 심근경색으로 끝났어. 그다음 달로 국과수에 사표를 던졌고."

"그런데 왜 지역 검시관 위촉을?"

"부끄럽지만 우리가 따지고 보면 다 한통속 아닌가? 긴 세월 부검을 하다 보면 사인을 내지 못하는 부검도 많고 드물게는 실수도 하지. 엄상탁과 송대방은 그걸 체크해 두었다가 반론의 무기로 삼거나 회유의 방편으로 썼다네. 검찰과 경찰 고위직 집안을 밥 먹듯 드나드는 사람들이었으니 다들 눈감고 산 거지. 과실한 게 있으니 털면 털리는 거 아닌가?"

"……."

"실제로 그렇게 밟아버린 검시관들도 있었고."

"혹시……."

잠시 뜸을 들인 창하가 뒷말을 이어놓았다.

"방성욱 선생님도 그 희생자이십니까?"

"방성욱 과장?"

피경철의 목소리가 갈라졌다.

"누가 그런 소리도 하던가?"

"저도 국과수 멤버 아닙니까? 여기저기서 주워들었습니다."

"방 과장은 두고두고 생각해도 아까운 분이지. 하지만 그 양반 사연은 나도 자세히 모른다네. 그 양반이 마지막 부검을 하던 날 나는 부산 출장에 나가 있었거든."

"에볼라 감염에 대해서도 들은 게 없나요?"

"좀 이상하긴 했지. 당시 우리나라는 에볼라 안전지대였는데 어쩌자고 그런 시신이 나왔는지……."

"그날을 아는 분은 누가 있을까요?"

"글쎄, 당시의 실권자들이라면 본원 원장님과 본원 석태일 센터장이 꼽히니 그분들은 알지도 모르지."

"송대방 교수 같은 사람은요?"

"그 사람도 가능성이 있지. 당시에는 현재의 원장보다 파워가 센 사람이었으니까."

"알겠습니다."

"궁금해하니 국과수의 흑역사를 알려주었네만 그런 데 관여치 말고 부검에만 집중하길 바라네. 자네라면 검시관에 대한 이미지를 새롭게 바꿔놓을 수 있을 거야."

"기대에 어긋나지 않도록 열심히 하겠습니다."

"그래. 이제 마음 놓고 마셔볼까?"

피경철이 찰랑거리는 정종 잔을 들었다. 창하도 잔을 들어 보조를 맞춰주었다.

다음 날 오전, 첫 부검을 끝낸 창하가 자료실 NFIS에 들렀다.

"또 오셨네요?"

이제는 낯이 익은 배한나가 인사를 해왔다.

"신참이잖아요. 공부할 게 널렸습니다."

답을 하고 안으로 들어갔다. 지역 검시관들의 부검 자료 앞이었다.

「송대방」

그의 자료는 두 곳에 나뉘어 있었다. 국과수에서 행한 부검과 지역 검시관으로 행한 부검의 관리가 다르기 때문이었다.

'당신, 엄상탁의 오른팔이셨다고요?'

창하가 첫 자료집을 꺼내 들었다. 과거의 자료가 아니라 최신 자료, 그중에서도 아이돌스타 출신 황나래의 부검에 관한 것이었다.

'그것만으로 선입견을 가진 건 아닙니다. 사실 그날도 약간 의문이 들었거든요.'

황나래의 부검.

귀신이라도 붙은 듯 창하가 동행했던 부검이었다. 국과수는 그날이 처음이었다. 덕분에 방성욱을 만났으니 뜻깊은 날이기도 했다.

하지만 그날, 송대방의 부검은 그리 자연스럽지 않았다. 화재사 시신에서 나온 기도의 검댕도 흔적 정도에 불과했다. 창하는 그 분위기를 잊지 않고 있었다. 뭔가 의견을 내고 싶었지만 들러리로 따라온 주제니 그럴 수도 없었다. 그 부자연스러움을 방성욱의 경험치로 들여다보면 어떨까?

톡!

파일을 열었다. 황나래의 부검 과정 사진이 나왔다. 한 장, 한 장 넘기던 창하의 시선이 기도 사진에서 멈췄다. 다시 봐도 검댕, 즉 매의 양은 눈에 띄게 적었다. 연기를 마셨다지만 치명타가 아닐 수 있는 것이다. 그리고… 다음 사진을 넘겼을 때 마침내 창하의 눈에 불이 번쩍 들어왔다.

후두부의 약한 타박상.

그리고 설골 부분…….

목의 다른 조직, 즉 갑상선과 식도 등에 가려 시야가 좋지 않다. 확대해 보니 아무래도 설골 압박의 흔적이었다. 아주 강한 데다 목구멍 주변 조직까지 붉은 변화가 엿보였다.

화재사로 보기엔 약한 검댕의 양, 설골의 강압박 흔적, 목구멍 조직의 변화와 후두부의 타박상…….

조금은 미약하다. 하지만 검댕을 제외하면 목을 졸렸다고도 볼 수 있는 손상이었다.

이거…….

'타살?'

창하의 어깨가 차갑게 떨렸다. 대한민국을 폭풍으로 몰아가고 창하에게 날개를 달아줄 테라톤급 시한폭탄의 기폭장치를 발견하는 순간이었다.

제4장
—
목숨에는 '다시'가 없다

"선생님."

"예?"

한나의 기척에 창하가 놀랐다. 그만큼 골똘하고 있었던 모양이다.

"어머, 죄송해요. 방해가 되었나 봐요."

그녀가 오히려 소스라칠 정도다.

"아, 아닙니다. 잠깐 생각 좀 하느라고⋯⋯."

정신을 차리고 보니 그녀 손에 차가 들려 있다.

"고맙습니다."

인사를 하고 차를 받아놓았다.

모락!

자스민 향이 창하의 마음을 진정시켰다. 잔을 만지작거리며 밑그림을 그려보았다.

설골의 압박은 어떤 형태로든 목이 눌렸다는 뜻이다. 그걸 뒷받침하는 증거가 있었으니 바로 후두부의 타박상이었다. 강한 상처가 아니다. 딱딱한 바닥이 아니라 소파나 침대에서 목을 압박하면 그렇게 나올 수 있었다.

그때까지는 죽지 않았다. 하지만 절명 직전이다. 그때 불을 지른다. 불이 난 직후에 죽었다면 미약하나마 연기를 마시게 된다. 그게 매가 되어 검출이 된다. 애당초 화재사라는 결론을 가지고 하는 부검이라면 사인은 화재사가 될 수 있었다.

하지만 살인이라는 전제하에 부검한다면 문제가 다르다. 죽기 직전에 불에 던져졌다는 가능성이 형성되는 것이다.

쟁점은 목의 압박흔이었다. 화재사가 아니라면 목에 액사의 흔적이 남는다. 조금 성한 곳의 목 피부를 확대하니 미약한 손상이 보인다. 그러나 반월상이 아니다.

'왼손잡이…….'

오른쪽에 두세 개의 압박흔이 보인다. 확신하기 어렵지만 액사가 맞다면, 범인이 왼손잡이라는 사인이었다.

사람의 목을 누르면 손톱자국이 남는다. 그게 바로 반월상의 표피박탈이다. 오른손잡이가 목을 누르면 오른쪽에 하나, 왼쪽에 서너 개의 자국이 남는다. 왼손잡이는 그와 반대로 왼쪽에 하나, 오른쪽에 두세 개의 자국이 남는다. 힘의 작용점인 것이다.

그러나 살인은 정해진 수순으로 가는 게 아니다. 목을 졸랐다고 해서 반드시 압박흔이 남는 것도 아니다. 예를 들어 박스 같은 것을 대고 누르면 흔적을 찾기가 어려워진다. 바로 이 경우처럼.

그래서 부검이 필요하다. 겉으로는 미약한 손상도 열고 들어가면 심각해질 수 있는 것이다. 그걸 보여주는 게 설골이었다. 목의 조직과 혈관 줄기에 가렸지만 설골은 치명적에 가까웠다. 목구멍 조직의 붉은 변화도 그런 맥락이었다. 아쉬운 건 얼굴. 액사라면 얼굴에 붉은 흔적이 남겠지만 화재로 인해 구분이 어려웠다.

다음은 혈액검사였다. 화재로 죽었다면 일산화탄소 검사를 한다. 일산화탄소 검출량은 치명적이었다. 그러나 검댕에 비해 수치가 너무 높았다. 다른 항목은 휑하다. 독극물은 오직 일산화탄소만 검출된 것이다.

'응?'

창하 촉이 빠르게 돌아갔다. 그녀의 기사였다. 사진 속의 그녀는 합성수지 미니 피규어 마니아로 나오고 있었다. 현역 때도 해외 공연을 가면 그것만 골라 샀다던 그녀였다. 그렇기에 그녀의 침실에는 미니 피규어가 셀 수 없이 많았다.

"……!"

순간 창하의 등골이 서늘하게 변했다. 그렇다면 한 가지 독극물이 더 나와야 했다. 그런데 왜 검출되지 않았을까? 하나둘 의혹이 더해지니 의심이 확신으로 옮겨 갔다.

하지만!

당시 부검의는 둘이었다. 송대방에 더불어…….

'웃?'

그날로 돌아가던 창하가 급속으로 얼어붙고 말았다. 송대방과 함께 부검을 집도한 사람. 권우재가 아니라 지한세였지 않은가?

지한세?

권우재가 아니고?

다시 생각하지만 송대방 옆의 부검의는 지한세가 분명했다. 그가 시작을 했지만 주요 과정은 송대방이 주도를 했다.

'이거…….'

톡!

창하 이마에서 식은땀이 떨어졌다. 몇 가지 상상이 푸드득 머리를 박차고 나왔다.

1) 송대방과 지한세의 공모?

2) 송대방이 지한세를 회유?

3) 지한세가 송대방에게 당한 것?

3번은 몰라도 1번이나 2번이라면?

특히 1번이라면 지한세도 엄상탁 라인이랄 수 있었다.

'오 마이 갓.'

점입가경이다. 식은땀의 줄기는 점점 더 강해져 갔다.

디룽리룽!

순간 핸드폰이 울렸다.

―이 선생님.

흘러나온 건 채린의 목소리였다.

―선생님.

"아, 팀장님."

―저녁에 시간 좀 낼 수 있으세요?

"무슨 일이죠?"

―두 가지예요. 하나는 이장혁 선배가 한잔 쏘고 싶다는 거고… 또 하나는…….

"……?"

―미궁 살인 쪽 정보이긴 한데… 이건 만나서 얘기드릴게요.

"미궁 살인이 재현된 겁니까?"

달력을 돌아보니 다시 보름이 지난 음력 17일. 어제나 그제 일어난 사건이 발견된 것일 수도 있었다.

―당장 급한 건 아니니 만나서 얘기해요.

"그러죠."

통화를 끊었다.

미궁 살인.

운영지원과에 전화를 걸어 확인을 했다. 서울 사무소는 인천과 더불어 경기도의 여섯 시군구를 구역을 관할한다. 그 외의 시도에서 일어난 사건이라면 다른 지역의 국과수에서 부검을 하는 것이다.

―그런 시신 접수는 없었습니다.

직원의 답이었다.

다행이다.

'나가보면 알겠지.'

그렇잖아도 장혁 생각을 하던 참이었다. 황나래의 의문에 대한 법률 자문이 필요했다. 아버지 사건처럼 창하가 수사하는 게 아니기 때문이다. 장혁의 이해를 돕기 위해 유사 사례를 챙겼다. 그런 다음 두 번째 부검을 위해 일어섰다.

*   *   *

"……!"

부검대 위의 시신은 복부 전체가 피투성이였다. 미리 알고 온 형사였지만 혈흔이 적나라하니 고개를 돌리고 만다.

중년의 남자가 죽었다. 한때는 은행 지점장을 역임할 정도로 살짝 나가던 사람이었다. 감원 바람에 밀려 희망 퇴직을 하니 주변의 대우가 달라졌다. 바로 찬밥이다.

나름 노후대책도 세웠던 사람이라 몇 달은 버틸 만했다. 그 유효 기간은 3개월이었다.

"좀 어디라도 나가봐. 허구한 날 텔레비전이야?"

마누라 눈빛부터 변했다. 직장 다닐 때는 휴일 날 나간다고 잔소리더니 상전벽해가 된 것이다. 머리 큰 아들도 비슷했다.

"아빠, 인생 100세라잖아요? 이제부터 후반전 시작하세요."

퇴직하던 날 100만 원을 쥐어줬을 때 아들이 한 말이었다. 하지만 아들은 아버지와 긴 시간을 같이 있는 걸 반기지 않았다.

8개월쯤 지나니 통장 잔고가 확 줄어 보였다. 들어오는 돈이라야 국민연금 몇 푼이 전부. 그것으로 생활비를 감당할 수 없으니 곶감 빼 먹듯 숫자가 줄어드는 것이었다.

안 되겠다.

Money is Power.

남자는 그렇게 믿었다. 여기저기 재취업 노력을 했지만 모두 실패. 은행 지점장까지 했지만 경력을 살릴 만한 일은 없었다. 주식으로 돌았다. 경기가 어려워지면서 주가가 바닥이었다. 이럴 때 잘 투자하면 한몫 잡을 수 있었다. 현직에 있는 후배를 졸라 정보 몇 개를 얻었지만 그게 쥐약이었다. 한 방에 30% 가까운 손실이 났다. 거기서 손을 뗐으면 좋으련만 눈만 감으면 본전 생각이 났다.

내 피 같은 돈.

남 믿을 거 뭐 있나?

나도 왕년의 가락이 있잖아?

딱 한 건만 제대로 튀기면…….

바닥을 친 주식을 골라 올인을 했다. 회사 재무제표도 괜찮고 기술 수준도 좋은 곳. 계절적인 영향이거나 일시적으로 주가가 빠진 것으로 본 것이다. 그게 제대로 빗나갔다. 대출 압박에 시달리다 보니 결국 집에서 전말을 알게 되었다. 아내에게 고개를 숙였다.

속이 상해 친구들에게 전화를 걸었다. 만나지 못했다. 나이 먹으니 친구도 소용이 없었다. 돈 아끼려고 허름한 뒷골목 전집에서 혼자 마셨다. 그게 미안해 뒷골목 치킨도 사 들었다. 만 원이면 가래떡과 똥집 튀김, 닭발까지 넣어주는 집이었다.

그렇게 돌아온 날 문밖에서 아들과 아내의 성토를 들었다.

"아빠는 이 시간까지 대체 뭐 하고 쏘다닌대?"

"그러게나 말이다. 다른 게 적폐냐? 네 아빠가 적폐다."

존재감 상실.

아내와 아들의 목소리가 심장을 베고 갔다.

늙으면 쓰레기구나.

옛날 그의 아버지가 한 말이 생각났다.

남자와 수사자의 공통점이 무엇이냐?

사냥 능력이 떨어지면 조용히 사라지는 것이다.

물론, 아버지의 말은 그런 뜻이 아니었다. 하지만 감정이 격해진 그의 해석은 그쪽으로 기울고 말았다. 싼 치킨을 쓰레기통에 버리고 조용히 들어갔다.

탁!

얼마 전부터 그가 혼자 자는 작은 방, 문이 닫히자 아내의 독설이 따라 들어왔다.

"돈 다 까먹은 주제에 살판났네. 날마다 술이나 퍼마시고……."

술.

오늘 그가 지출한 돈은 8천 원이었다. 빈대떡 한 장에 5천 원, 소주 한 병에 3천 원… 이제는 8천 원의 지출도 비난의 대상이 되었다.

다음 날 아침, 아내가 구립 수영장에서 돌아왔다. 남편이 잠든 방은 그때까지도 기척이 없었다.

'이 인간이 이제 아주 자포자기구나.'

핏대를 올리며 방문을 차고 들어갔다.

"악!"

아내는 그 자리에서 쓰러졌다. 남편 방은 피의 홍수를 이루고 있었다. 그 홍수(?)에 떠 있던 남편이 부검대로 옮겨진 것이다.

"피 닦은 후에 연락드리려고 했는데⋯⋯."

물을 튼 원빈은 분주하다. 피투성이인 시신은 피부터 씻어내야 한다. 그렇지 않고는 어디에 어떤 손상을 입었는지 알 수 없기 때문이다.

"같이해요."

창하도 장갑을 끼고 나섰다.

"뭔 소리를? 선생님은 저쪽으로 가계세요."

광배가 나이로 창하를 떠밀었다. 두 어시스트는 노련하게 피를 닦아냈다. 이 과정은 혈흔을 자연스럽게 제거하는 게 스킬이었다. 함부로 밀거나 문질러 상처를 악화시키면 부검에 영향을 주는 것이다.

그사이에 창하는 CT 사진을 보았다. 지난번의 CT 영상에는 부러진 칼 조각이 들어 있었다. 폐를 보고 장기를 본다. 다행히 결핵은 없어 보였다. 다음으로 남자의 옷을 살폈다. 옷에도 별다른 손상이 없었다.

"끝났습니다."

물기까지 닦아낸 후에야 광배가 창하를 불렀다.

"……!"

시신 앞에 서기 무섭게 네 곳의 자창이 창하 눈을 파고들었다. 상복부와 하복부의 중간이었다.

"살인인 거 같죠?"

형사가 의견을 냈다. 하나하나의 자창이 심각한 까닭이었다. 그러나 칼자국은 복대정맥을 중심으로 같은 형태를 그리고 있었다. 치명상 역시 복대정맥 부위였다.

찰칵!

카메라가 돌아갔다.

"칼 가져오셨다고 했죠?"

창하가 형사를 돌아보았다.

"여기……."

그가 증거물 보관용 비닐 팩 안에 든 식칼을 내밀었다. 칼을 대보니 손상 부위와 길이가 같았다.

위에서 아래로 내려간 자창…….

"자살입니다."

창하가 결론을 내렸다.

"하지만 자살로 보기엔 너무……."

"잠깐만요."

창하가 아이패드를 연결시켰다. 파일 몇 개를 골라 열어놓았다.

"맨 아래 칼이 들어간 곳이 복대동맥입니다. 다른 곳은 주저흔이고요. 다른 경우의 자살을 볼까요?"

파일이 넘어갔다. 어떤 시신은 주저흔이 10여 개인 경우도 있었다. 공통점은 손상들이 한 곳에 몰려 있다는 것. 만약 살인사건이라면, 그래서 범인과 실랑이를 벌인 거라면 시신에게 방어흔이 있어야 하고 손상도 넓은 부위에서 발견되어야 했다.

한 곳만 찌른다.

그런 건 만화에나 나오는 이야기다. 목숨을 걸고 다투는 중이라면 칼이 한 곳만 찌를 수는 없었다. 가해자가 압도적인 파워가 아니라면…….

결정적으로…….

창하가 사자의 옷을 들어 보였다.

찰칵!

그 또한 카메라가 담았다.

사망자가 전날 입고 있던 옷이었다. 옷에는 흠이 없었다. 상의를 걷어 올리고 맨살의 배를 찔렀다는 증거였다. 살인사건이라면, 역시 같은 논리로 살인이라면, 피살자의 옷을 걷고 찌를 이유도, 여유도 없다. 만약 피살자가 목숨을 그냥 내줘야 할 경우였다면 어떨까? 그렇다면 손상은 한 곳 아니면 두 곳으로 끝나는 게 옳았다.

예외라면 분노의 극한을 들 수 있다. 만약 가해자와 사망자가 철천지원수 사이라면 가능하다. 분노 때문에 마구잡이로 칼을 휘두를 수 있는 것이다.

하지만!

이 사건은 그런 경우가 아니었다.

"시강으로 보아 자정 넘어 죽은 것 같습니다. 이제는 쓸모가 없어졌다는 자괴감이 이유였겠네요."

"……."

"부검 종료합니다."

창하가 마무리를 선언했다.

"아… 인생 개허무하네. 나름 열심히 산 사람이던데……."

시신과 함께 나가는 형사의 탄식이었다.

아버지.

그 이름은 무겁다. 나이가 들수록 더욱 그렇다.

만약…….

술 한잔 마시고 집에 돌아온 순간에 반전이 일어났다면 어땠을까?

"아버지, 괜찮아요. 돈은 이제부터 제가 벌면 돼요."

"힘내요. 당신, 그보다 더한 일도 헤쳐온 사람이잖아요."

형사의 말을 들으니 아내와 아들은 시신이 나올 때 몹시 울었다고 한다. 둘이 성토한 말은 진심이 아니었을 것이다. 속상하니까 그저 표현한 것이다.

하지만 목숨은 다시라는 게 없다.

미안해. 내가 잘못했어.

그 말로 저문 목숨이 다시 돌아올 수 있다면 얼마나 좋을까?

제5장
—
검시관은 증거로 말한다

"……!"

약속 장소에 도착한 창하 표정이 굳었다. 채린과 장혁의 분위기 때문이었다.

"어, 이 선생님."

창하를 본 채린이 손을 들어 보였다.

"터진 겁니까?"

테이블에 앉기 무섭게 채린을 닦아세웠다.

"우리 얼굴에 쓰여 있습니까?"

장혁이 웃었다.

"네, 큼지막하게 쓰였네요."

창하가 질러 나갔다.

"우와, 족집게시네? 아니면 우리가 표정 관리에 꽝이든지."

장혁이 채린을 바라본다.

"에이, 음식부터 즐기고 난 다음에 얘기하려고 했는데……."

물잔을 비운 채린이 입을 열었다.

"미궁 살인 맞아요."

'결국……?'

등골이 시려올 때 채린의 말이 안전한 곳으로 새 나갔다.

"그런데 우리나라가 아니에요."

'응? 우리나라가 아니라고?'

창하 눈빛이 직각으로 세워졌다.

"오늘 오전에 중국에서 들어온 정보인데요. 이틀 전에 중국 동해의 환산 쪽에서 하루 사이에 두 건의 살인사건이 벌어졌는데 그것 때문에 중국 공안부가 발칵 뒤집혔다네요. 상세한 건 보안이라 알 수 없는데 아무래도 미궁 살인 쪽이 아닐까 싶어요. 걔들이 산 사람도 미라로 만드는 판에 다른 걸로 놀랄 리가 없잖아요."

"추측할 만한 자료가 없나요?"

"나이요. 공교롭게도 16세와 67세라네요."

"……!"

16과 67…….

박상도의 집에서 나온 심장 셋 중의 둘이었다.

"혹시 살귀들이 중국으로 건너가서 우리가 압수한 심장을 다시 채집한 거 아닐까요?"

"그럴 가능성도 배제할 수 없겠군요."

채린이 어깨를 으쓱하자 장혁이 또 다른 충격을 올려놓았다.

"일본에서도 유사한 사건이 발생했다는 정보가 들어왔습니다. 희생자 나이는 37세. 일본 관서 지역… 그쪽 검찰청에 연수 나가 있는 우리 직원 보고인데 한국의 미궁 살인 모방범죄일까 봐 촉각을 세우고 있답니다."

"……!"

창하 호흡이 멈췄다. 살귀의 이동이다. 백택의 공포를 피해 중국과 일본으로 건너간 모양이다. 한국에서 일어난 전대미문의 사건을 국운 쇠퇴의 조짐이라며 즐기던 두 나라. 저희들이 살귀의 공포에 고스란히 노출된 것이다.

창하…….

웃어야 할까?

울어야 할까?

표정 관리가 되지 않았다.

"아무래도 미궁 살인 같죠?"

채린이 창하에게 물었다.

"여러 가지 종합하니 그런 것 같네요."

"기분 묘하네요. 우리나라에서 멀어졌으니 걱정할 일은 아니지만 그래도 그쪽 경찰 애들 똥줄 탈 생각을 하니······."

"중국 연수 다녀오더니 정들었냐? 그걸 차 팀장이 왜 걱정해? 걔들이 우리 사건 얼마나 즐겼는데······."

장혁이 선을 긋고 나섰다.

"누가 몰라. 중국 공안부 간부 하나가 우리 청에 연수 들어와 있는데 술자리에서 막말까지 했어. 자기들 같으면 안면 인식 기술로 하루면 잡을 수 있다고."

"흥, 누군 CCTV가 없어서 못 잡나? CCTV에 안 걸리니까 그렇지."

"자기들 노하우는 다르다고 하더라고. 그러면서 범죄 분야에서도 자기들이 한국 추월한 지 오래됐다나?"

"그걸 그냥 됐냐?"

"뭐라겠어? 우린 인권 국가라서 원천기술이 있어도 쓰지 않을 뿐이다. 당신들처럼 국민 전체를 감시하는 국가가 아니다라고밖에는······."

"그래. 못 할 말이지만 미궁 살인범이 제발 거기로 갔기를 바란다. 저희들도 당해봐야 알지. 그게 귀신에 버금가는 존재들이라는 거."

"내 말이."

"하다 하다 안 돼서 우리 이 선생님 찾아와 싹싹 빌면 볼만하겠다. 리 따꺼, 사인 분석 좀 부탁드립니다."

"내 말이······."

장혁이 포권 시늉을 내자 채린도 장단을 맞췄다.

"그건 그렇고 이제 저녁이나 즐길까요?"

그쯤에서 채린이 분위기를 바꾼다. 급하게 서두르지 않은 이유를 알 것 같았다, 설령 미궁 살인이라고 해도 채린과 장혁이 손을 쓸 수 있는 곳이 아니었다.

식사가 나왔다.

맥주잔을 부딪친 후에 창하가 슬쩍 말문을 열었다.

"그런데… 제가 자문 하나 구해도 될까요?"

"말씀하세요."

"이게 경찰 쪽일지 검찰 쪽일지는 모르겠는데… 혹시 얼마 전에 화재로 죽은 황나래 사건 말입니다."

"황나래면 그 연예인?"

채린이 먼저 반응을 보였다.

"맞습니다."

"그건 저희 쪽에서 수사하고 마감했을 겁니다. 배 경위 보고를 받은 적이 있거든요. 워낙 유명인이라 기억하고 있어요."

"실은 그 부검하는 자리에 제가 있었거든요."

"그래요? 그 부검은 외부 부검의 지명해서 국과수에서 공동으로 했다고 하던데?"

"맞습니다. 외부 부검의로 송대방 교수가 공동 집도 했는데 제가 그분 어시스트로 따라갔습니다. 부검 자체는 관여하지 않았지만요."

"그러셨군요. 그런데요?"

"그 사건 수사 과정을 좀 알고 싶습니다. 송대방 교수가 지명된 경위까지요."

"뭐가 있군요?"

채린의 촉이 일어섰다.

"지난번에 제 선친 수사 도와주시지 않았습니까?"

창하의 시선이 장혁에게 향했다.

"예."

"그때 부검 조작한 엄상탁 씨… 기억나세요?"

"그럼요. 좀 털어보려고 했더니 몇 해 전에 암으로 죽어서 그냥 덮었는데……."

"제가 알아보니 엄상탁 씨가 국과수 있을 때 그런 거 전문이었더군요. 정치권이나 권력자들과 붙어서 부검 결과 조작하는 거 말입니다."

"그런 인간이니까 이 선생님 선친 일도 조작을 했겠죠."

"그런데 국과수 내에 그 사람 라인이 있었는데 대표적인 사람이 송대방 교수더군요. 현재의 교수 자리도 엄상탁에게 물려받았다는 소문도 있고……."

"그럼 황나래 건도?"

채린이 촉을 세우며 들어왔다.

"저는 그때 단순히 송 교수 얼굴 세워주러 간 역할이라 부검에는 관여하지 못했거든요. 왜 교수들이 뜨면 속된 말로 따

까리 하나 데리고 다녀야 면이 선다고 생각하잖아요?"

"그렇죠."

"당시 부검 과정도 좀 석연치 않았고 아버지 사건 때문에도 걸리는 게 있어서 기록을 검토해 봤는데……."

채린과 장혁을 바라본 창하가 남은 말을 이어놓았다.

"황나래, 화재사가 아니라 살인의 징후가 있는 것으로 판단됩니다."

"선생님, 잠깐만요."

장혁이 즉각 반응했다.

"그거 굉장히 민감한 일입니다."

"알고 있습니다. 황나래 씨 집안이 굉장하죠?"

"맞습니다. 친가도 그렇지만 특히 시가 쪽이… 차기 대권주자로 거론되는 조경국 의원이 시아버지 되시거든요."

"집안이 굉장하면 의문을 가지면 안 되는 건가요?"

"확실한 증거 없이는 거론 않는 게 좋다는 겁니다."

"그건 우리 선배 말이 맞아요. 황나래 사건 그거 미궁 살인하고 겹쳐서 그렇지, 그렇지 않았으면 엄청난 이슈가 되었을 겁니다."

채린도 거들고 나왔다.

"제가 그걸 왜 모르겠습니까? 하지만 이 건은 아무래도 의혹이 있습니다."

"좋습니다. 다른 사람도 아니고 이 선생님, 게다가 국과수의 신성이시니 일단 들어본 후에 판단해 보겠습니다."

장혁이 의자를 당겨 앉았다.

"우선 황나래 씨의 부검 결과는 화재사입니다. 제가 부검실에 있었으니 결과는 틀림이 없습니다."

"……."

"화재사로 볼 수 있는 매, 즉 기도에서 검댕의 존재도 확인했습니다."

"그럼 화재사가 맞지 않나요?"

"문제는 그 검댕의 양이 지나치게 적었다는 거죠."

"무슨 뜻이죠?"

"여기 사진 몇 장 찍어 왔는데……."

창하가 핸드폰을 열었다. 황나래의 부검 사진이 차례로 올라왔다.

"이게 일반적인 화재사에서 보이는 검댕입니다. 보십시오, 확연하죠?"

첫 사진에 대한 창하의 설명이다. 호흡기를 따라 기도까지 검댕이 확인되었다. 그러나 다음에 나온 황나래의 기도는 거기에 비하면 흔적에 불과할 정도였다.

"일산화탄소 검사는요?"

"75%더군요."

"그럼 화재사잖아요? 보통 착화탄으로 자살할 때 60~70% 정도 나오는 걸로 아는데?"

"맞습니다. 두 가지 사항을 종합하면 비록 검댕의 양이 적다고 해도 화재사가 분명합니다. 하지만 여기에는 두 개의 전제가 필요하죠."

"전제요?"

"하나는 인체에 가해의 흔적이 없어야 한다는 것, 두 번째는 결과에도 조작이 없어야 한다는 것."

"가해의 흔적이 있다는 건가요?"

"보시죠."

다음 사진이 올라왔다. 황나래의 설골이었다.

"인간의 경부는 하체의 신경과 동맥이 뇌로 올라가는 데다 얼굴의 중요한 기관으로 이어지는 곳이라 굉장히 섬세하고 복잡합니다. 그렇기 때문에 부검에서도 까다로운 곳에 속하죠. 여기 보시면 절개한 조직 뒤에 살짝 가려진 게 설골인데 강한 압박의 흔적을 엿볼 수 있습니다. 그 옆의 목구멍 근육도 조금 붉게 보이죠? 갑상선과 식도, 피부 등으로 살짝 가려졌긴 하지만요."

"누가 목을 졸랐다는 건가요?"

"화재사가 아니라면 반월상의 표피박탈을 체크하면 되는데 이 경우에는 화재로 소실되어 체크가 불가능합니다. 하지만 불에 덜 탄 곳을 골라보니 다른 정보가 있었습니다."

다음 사진이 열렸다.

"응?"

채린이 눈살을 찡그린다. 보이는 것은 화상뿐이오, 눈에 확 띄는 손상이 없는 것이다.

"여깁니다. 이건 화상이 아니라 압박의 흔적입니다."

"선생님."

"손으로 직접 누른 게 아니고… 뭔가를 대고 누르면 이런 압박이 남습니다. 예를 들면 골판지나 겨울 외투 깃, 두꺼운 머플러 같은 것들이죠."

"……."

"이 사진을 보면 조금 더 구체화됩니다. 보시죠."

창하 손이 화면을 밀었다. 그러자 후두부의 타박상이 나왔다.

"후두?"

"맞습니다. 당시에는 두 부검의가 사망을 다툴 원인이 아니라고 넘어가는 것을 보았습니다. 물론 이 타박상만 단독으로 있다면야 다양한 이유로 이런 손상이 나오겠지만 뭔가를 대고 누른 거라면 짝이 딱 맞게 되죠."

"……!"

"마지막은 거론하기 불편지만 조작의 문제인데……."

두 사람을 바라본 창하가 남은 말을 이어놓았다.

"일산화탄소 말입니다. 검댕의 양에 비해서 그 농도가 너무 높은 편입니다. 더 재미난 것은 혈액분석 결과에 다른 독극물이 나오지 않았다는 거죠."

"무슨 뜻이죠?"

"설명하기 전에 경찰이 보관하고 있는 당시 현장 사진을 좀 구해줄 수 있으신가요?"

"그거야 어렵지 않죠. 잠깐만요."

채린의 손이 아이패드 위에서 날아다녔다. 그러자 황나래 별장 화재 사건의 현장 사진이 화면에 떠올랐다. 현장은 참혹했다. 모든 불난 가구가 그랬으니 재벌집이라고 해서 예외가 아니었다. 창하는 수십 장의 사진을 하나하나 체크했다. 그러다 한 사진 앞에서 시선을 멈췄다. 바닥에 어지럽게 흩어진 것들. 타다 만 미니 피규어였다. 하나둘도 아니었다.

침대 옆에도 있고 창가의 장식장에도 있었다. 반은 타고 반은 화마와 뒤섞여 기묘한 분위기를 연출하고 있었다.

"보시다시피 죽은 황나래 씨, 미니 피규어 마니아더군요. 특히 결혼 이후에 취미로써… 사진으로도 증명이 되네요. 이 많은 피규어들……."

"그게 무슨 상관이 있는 건가요?"

"있죠. 이 미니 피규어들… 합성수지로 만든 거잖아요? 그렇다면 일산화탄소가 나온 황나래의 혈액에서 청산 가스도 나왔어야 합니다."

"청산 가스요?"

"합성수지가 타면 유독가스를 내거든요. 그게 바로 청산 가스입니다. 보통 나무나 종이가 원인이 되는 화재에서는 나오

지 않지만 합성수지가 탄 연기를 마시면 혈액에 청산 가스가
나옵니다."

"……!"

"어떻습니까?"

창하가 고개를 들었다. 이제는 수사기관을 대표하는 두 사
람의 생각을 확인할 차례였다.

"이거 너무 갑작스러운 일이라……."

장혁은 당혹감을 감추지 못했다.

"저도 그렇습니다. 이제는 제가 몸담고 있는 국과수. 작은
의혹이 나온다고 해도 구성원인 제가 묻는 마음이 편치 않습
니다. 하지만 사인이 조작되는 것만은 어떻게든 막아야죠."

"그렇다면 역시 남편?"

채린의 시선이 아이패드로 넘어갔다. 당시 수사 기록이 나
왔다. 기록에 의하면 제1 용의자는 남편이었고 제2 용의자는
별장 관리인 부부, 마지막으로 제3 용의자는 미니 피규어 수
집상이었다.

"남편 알리바이는 확인했을 거 아냐?"

장혁이 채린에게 물었다.

"당연하지. 차를 타고 서울로 갔고… 톨게이트에서 번호판
도 확인한 것 같아."

"그럼 관리인 부부는?"

"그쪽도 알리바이는 확실해. 관리비를 횡령하다가 황나래에

게 들켜 호된 질책을 당하기는 한 모양인데 사건 당일에는 장날이라 장에 나가 사람들과 어울렸거든. 목격자가 한둘이 아니니 뒤집기 어려워."

"그럼 미니 피규어 수집상?"

"재수사 들어가려면 다 다시 털어야지. 이것도 이 선배가 맡아봐."

"또 나냐?"

"아니면? 이 선배랑 우리 이 선생님, 깊은 인연 같아 보여. 아버지 사건도 해결해 줬고……."

"차 팀장, 그건 내 후배가 한 일이고……."

"그러니까 이번에는 선배가 직접 수사 일선에서 뛰란 말이야. 미궁 살인 거의 종결 모드니까 그 정도 여력은 있잖아?"

"이야, 이거 뜨거운 감자인데… 확신이 안 서면 수사 결재 안 떨어져. 황나래 시가 쪽 집안 알잖아? 남편도 연예 기획 사업 하면서 깔아둔 거 많지만 시아버지가 국회 중진에 대권 유력 후보야."

"그러니까 더 이 선배가 나서야지. 뭐 권력형 비리는 절대 용서 안 한다며."

"끄어어… 우리 부장님 거품부터 물 텐데… 이 선생님, 조금 전에 말씀하신 거 말고 좀 더 강력한 한 방 없을까요? 이게 조경국 부자 귀에 들어가기 전에 영장 따내야지 그쪽 귀에 들어가면 물 건너가기 쉽습니다."

장혁이 창하를 바라보았다. 그러자 창하, 기다렸다는 듯이 말을 꺼내놓았다.

"있습니다."

*　　　　　*　　　　　*

"있다고요?"

장혁이 격하게 반응한다.

"그녀가 억울했던지 마침 화장 대신 매장이 되었더군요."

창하가 검색 화면을 내밀었다.

「왕년의 톱스타 황나래, 별장 화재사로 세상을 뜨다. 친가 쪽 부모, 두 번 타는 것 원치 않아 매장 주장. 남편이 수용.」

매장?

"그렇게 되면?"

"재부검이 가능하다는 얘기죠. 물론 재수사가 진행된다면 말이죠."

"재부검을 하면 선생님 말이 다 증명되는 겁니까?"

"당연히 변수가 있고 부패 정도에 따라 다르겠죠. 하지만 가능할 것으로 생각합니다. 매장한 지 몇 년이 지난 시신도 외관이 잘 유지되는 경우가 많거든요. 그런 경우, 심장 같은 것은 많이 썩지만 관상동맥은 형태가 남기도 합니다. 특히 중금속이나 독극물 같은 경우는 매장된 지 수년 후에도 검출되는 예가 허다합니다."

"으아… 이거……."

"혈액 샘플을 체크하니 검사에 모두 소진하고 남은 게 없더군요. 너무 완벽한 걸 보니 어쩌면 바꿔치기한 것일 수도 있습니다."

"바꾼다면?"

"송대방 교수 측의 농간이라고 전제한다면… 그 사람은 국과수가 지정한 지역 검시관 아닙니까? 게다가 대학병원에 근무하니 일산화탄소를 처리한 혈액을 가지고 있을 수도 있습니다. 신라대학병원은 최근 뇌혈관의 성상교세포 기능 부활을 위해 일산화탄소 주입 연구가 활발하게 이루어지고 있거든요."

"선생님……."

"이건 가정입니다. 하지만 부검 결과에 문제가 있는 건 확실해요."

"살인이다?"

"교살입니다. 목을 졸라 의식을 잃기 직전, 항거 불능의 상황에 방화를 하면 이런 결과가 나올 수 있습니다. 불이 나는 직후까지 숨이 붙어 있으니 검댕이 미량 발견되죠. 목의 교살흔은 불에 타버리고 미량이나마 검댕이 나왔으니 화재사로 밀어붙인 것 같습니다."

"하지만 그러다 깨어나면?"

"목을 맨 끈이 끊어지면서 수십 미터를 걸어가다 죽은 시신도 있죠. 치명적인 교살이 시도되었다면 설령 손을 뗀 후에 의식이 일부 남았더라도 저산소성 손상으로 인해 운동능력이 멈추기 때문에 결국 죽게 됩니다. 황나래의 시신이 문 앞에서 발견된 것도 그런 맥락일 수 있습니다."

"그럼 두 부검의가 작당을 해서?"

"둘 중 누가 주도를 했는지는 모르지만 둘 다 몰랐을 리는 없습니다. 유사 사례 하나를 가져왔는데 보시겠습니까?"

창하가 자료를 내밀었다. 장혁은 검사다. 채린 역시 부검의가 아니다. 그러니 사례를 보여주는 것만큼 확실한 게 없었다.

사진 속의 시신은 손상 하나 없이 깨끗했다.

"경찰이 자연사로 처리한 사건입니다. 아내가 뇌염을 앓아 이해력이 약간 떨어지는데 그 때문에 경찰의 자연사라는 설명에 이의를 제기하지 않은 모양입니다. 겉보기엔 거의 멀쩡한 상태였으니까요."

"……."

장혁과 채린은 창하의 말에 집중하고 있었다.

"장례식 때 미국에서 돌아온 동생이 이의를 제기한 모양입니다. 그래서 국과수로 부검이 왔는데 결론은 교살에 의한 살인으로 바뀌었습니다. 이 케이스가 바로 두툼한 머플러를 목에 감고 있는 상태에서 전선으로 목을 압박해 살해한 경우입니다. 자세히 보면 미약한 흔적이 있겠지만 약간의 상흔 같은 건 일반인도 있는 법. 검안에 나선 의사가 살인이라고 보기에는 어림도 없는 것이죠."

"……."

"그래서 살인의 의심을 하지 못했고, 경찰 역시 그 진단을 근거로 자연사로 결정하게 된 거죠."

"……."

"여기서 고려하셔야 하는 게 있는데… 대개 사람들은 목을 조이거나 매달 때 엄청난 압력이 가해져서 호흡이 끊기는 걸로 생각한다는 겁니다. 두 분 다 아실지 모르지만 호프만의 설명에 의하면 혈관이나 숨통을 막아 의식을 잃게 하는 압력은 신기할 정도로 낮습니다. 목을 조르는 끈이 좌우 대칭으로 작용한다고 했을 때 혈관은 체중의 15분의 1, 숨통은 5분의 1 정도면 폐쇄됩니다. 즉 어느 정도의 힘만 가해져도 사망할 수 있다는 건데 약한 압력도 긴 시간에 작용하면 죽게 되는 게 사람입니다."

"……."

"그러니 겉으로 멀쩡해 보이는 시신도 이렇게 부검을 하면……."

부검 사진이 나왔다. 피부를 절개하고 들어가자 목의 압박

부분에 손상이 뚜렷했다. 설골이 부서지고 내출혈과 멍이 나온 것이다.

"……."

"설골을 보시죠. 아까 보여 드린 것과 상황이 비슷합니다. 비록 황나래의 설골은 절개된 피부에 묻혀 일부밖에 보이지 않지만……."

"으음……."

"어떻습니까?"

창하의 설명이 끝났다.

"미치겠네. 황나래, 조경국, 조민수… 이거 공포의 강도야 미궁 살인사건에 밀리지만 파급력으로 보면 그것보다 더 큰 핵폭탄이 될 텐데……."

장혁이 채린을 돌아보았다.

"동감."

"으아, 뼈 떨리네."

"수사 결재 받을 수 있겠어?"

"아니면? 몸 사린다고 나 쳐다도 안 볼 거잖냐?"

"그야 당연하지. 사회정의 실현한다고 거품 물었잖아?"

"조경국에 조민수 부자라……."

"이 선생님 제보라는 건 극비로 해야겠네."

"그거야 기본이지. 만약 조경국 의원이나 그 아들 조민수의 짓이라면 이 선생님부터 자르려고 들 테니까."

"저 잘리는 건 겁나지 않습니다."

창하가 웃었다.

"저희가 겁납니다. 제보자 신변도 챙기지 못하면 법집행자 그만둬야죠."

"……"

"이렇게 하죠. 일단 익명의 제보를 받은 걸로 하겠습니다. 지금 선생님의 자료를 그대로 쓰면 국과수에서 역추적에 들어갈 겁니다. 그럼 선생님이라는 게 밝혀지게 되죠. 그러니 방금 그 자료들 하고 상세 자료 목록만 알려주십시오. 분위기 조성부터 해보겠습니다."

"알겠습니다."

"야, 차 팀장. 그만 먹고 가자. 전략부터 짜야겠다."

장혁이 자리를 털고 일어섰다.

오비이락이랄까?

다음 날의 첫 부검이 흥미로웠다. 신분은 국회의원이었다. 청렴 결백의 상징으로 부각되던 사람. 그러나 뇌물 문제가 불거지면서 극단적인 선택을 하고 말았다. 14층 사무실에서 뛰어내린 것이다. 현재까지 밝혀진 것은 7천만 원. 수면하에서 거론되던 뇌물액은 30억에 가까웠으니 주검이 진실을 가져가 버린 것이다.

"우와."

시신을 부검대에 올린 원빈이 탄성을 질렀다. 무려 14층에 서 뛰어내렸지만 시신은 상처 하나 없이 깨끗했다. 게다가 출혈도 없었다.

시신만 봐서는 누군가 그를 살해한 후에 투신처럼 꾸민 것으로도 보였다. 사무실 창은 열려 있고 그 안에 유서가 남은 것이다. 조금 의아한 점도 있기는 했다. 14층의 창문이 너무 작았다. 거기로 뛰어내리려면 낮은 포복을 하듯 기어 나가야 한다. 가진 것 많은 사람, 권력도 있는 사람. 그런 사람이 선택한 투신을 두고 말도 많은 모양이었다.

부검을 하다 보면 이런 경우가 종종 있다. 방성욱의 경험치에는 당연히 여러 건이 있었다. 할리우드의 유명 여배우는 무려 24층에서 투신했다. 그녀 역시 외관상으로는 별다른 손상이 없었다.

외표 검사를 끝내고 절개를 했다.

"……!"

원빈과 광배 눈빛이 구겨졌다. 국회의원의 겉과 속은 천지차이였다. 겉은 평온하지만 속은 아비규환을 이루고 있었던 것.

지상 충격의 순간 간이 터지고 폐가 폭발한 것이다.

그런데 왜 출혈이 발견되지 않은 것일까?

이유는 '즉사'에 있었다. 고공에서 추락하면 바닥에 충격하는 순간 사망에 이른다. 즉사하게 되면 심장이 뛰지 않으니 피가 솟구치지 않는다. 그 덕에 즉사 현장에 혈흔이 나오지 않는 것이다.

"으아, 이거 진짜 투신 맞을까요?"

부검이 끝나자 원빈이 몸서리를 쳤다. 국과수 직원도 사람이다. 게다가 세상에는 부검으로 밝힐 수 없는 진실도 많았다.

"투신은 맞지. 스스로 뛰어내린 거냐, 누군가 뛰어내리도록 강요했느냐를 모를 뿐."

광배는 조금 더 들어갔다.

두 사람의 대화를 들으며 창하가 생각했다. 광배 말의 후자가 맞다면 완전범죄다. 그것만은 신들린 부검의라고 해도 맞힐 수 없기 때문이었다.

─혼자 짊어지고 가서. 여기서 다 까발려지면 당신 명예 똥칠은 물론이고 우리 전부 다 끝장이야. 결백하다고 유서 하나 남기고 가면 수습은 우리가 하고 가족들도 영향 없도록 해줄게.

딜을 상상한다.

막다른 코너에 몰린 사람들. 선택의 여지가 없다. 수사는 자살로 종결이 된다. 겨우 단서를 잡았던 검찰이나 경찰은 거기서 수사를 종결해야 한다. 죽은 자를 상대로 수사를 할 수는 없는 것이다.

이날은 그런 날인 것 같았다.

두 번째 부검대에 올라온 시신도 처음과 같았다. 온몸 어디 하나에도 손상이 없었으니 다른 것은 여자라는 것뿐이었다.

"복하사입니다."

시신을 운구해 온 형사의 말이었다. 복하사는 복상사의 반대였다. 사건은 성행위 후에 일어났다. 38세의 여자는 얼마 전에 재혼을 약속했다. 남편 될 사람은 5살 연하의 초혼이었다. 30대였지만 여자의 몸매는 20대 초반에 못지않았다. 요가 강사로 몸을 가꾼 덕분이었다. 늘씬한 다리는 물론이오, 가슴의 볼륨도 조각상에 못지않았다.

"첫 관계였는데 남자가 더블 헤더를 뛰었다더군요. 여자에 굶주리다가 예쁜 여자 만나니 그동안 세이브한 정력을 다 쏟아냈나 봅니다. 두 탕을 거푸 뛰고 샤워를 하고 나와서 보니 여자가 죽었더라는 거예요. 현장을 보니 특별히 가해를 한 정황은 없고 여자 몸도 보다시피… 그래도 혹시 이 남자가 너무 흥분해서 자신도 모르게 여자 목을 졸랐나 해서요."

형사의 설명이었다.

창하 시선이 시신의 목으로 옮겨 갔다. 장혁에게도 설명했지만 목의 압박은 적은 힘으로도 가능하다. 더구나 남자가 상위를 점거했을 때는 더욱 그렇다. 그렇기에 성폭행의 경우, 피해 여성들이 경부 압박으로 사망하는 경우가 많았다.

"부검 시작합니다."

담담하게 부검에 임했다. 원빈이 불을 끄자 고요한 어둠 속에서 시신을 살핀 후, 본격 부검에 들어갔다. 외표는 전혀 손상이 없었다. 관심이 집중된 목에는 약간의 상흔이 있었다. 확대경을 대고 보니 여드름과 피지 덩어리를 레이저로 지진 흔적이었다.

찰칵!

사진 증거로 남기고 아래로 내려갔다.

복상사와 복하사.

체위에 따라 다르겠지만 전자는 주로 남자의 포지션이고 후자는 여자의 포지션이다. 남자가 복상사를 하면 대다수가 심장 관상동맥의 문제다.

그에 비해 복하사는 심장보다 뇌출혈 쪽이 많다. 뇌동맥류가 터지면서 사망하는 것이다.

손톱과 발톱에 이어 질의 입구까지 확인을 했다. 남자의 말을 100% 신뢰해서는 안 되는 것이니 가해의 흔적이 있는지 확인해야 했다.

성행위자가 특정되지 않았다면 음모에 빗질도 해야 한다. 누군가 강제로 성행위를 한 거라면 상대방의 음모가 묻어나올 수 있다. 두 육체가 접촉하는 과정에서 가해자의 음모가 떨어지기 때문이다.

'응?'

절개 후에 열린 가슴, 거기서 드러난 비밀스러운 심장은 아주 멀쩡했다. 다른 장기 역시 급사의 조짐은 없었다.

지잉!

광배가 시신의 머리를 열었다. 관계 중에 죽었다면 열에 아홉은 심장 아니면 뇌출혈이기 때문이었다.

하지만…….

"……?"

뇌를 연 창하 고개가 갸웃 돌아갔다. 뇌동맥류도 아니었다. 뇌혈관에는 출혈의 기미조차 없었던 것.

'복하사가 아니다.'

창하 머리가 복잡하게 움직이기 시작했다.

제6장
—
특이체질의 비극

남자와 여자가 만났다. 둘이 사랑해 관계를 맺었다. 이때 문제가 되는 것은 복상사나 복하사 외에 하나가 더 꼽힌다. 바로 바기니스무스다.

바기니스무스(Vaginismus).

다른 말로는 페니스 캡티푸스(음경 포착)라고도 불린다. 여자의 질과 그 주변 근육에 급격한 경련이 일어나 여자의 문이 봉쇄되는 현상이다.

철컥!

남자의 거시기가 수갑을 차듯 체포된다, 절대 해제되지 않는다.

음담패설에서나 나오는 이야기가 아니라 세계 곳곳에서 실제로 존재하는 이야기다. 이런 현상이 일어나면 두 사람은 분리되지 않는다. 병원으로 옮겨 자궁경관 확장술을 받아야만 분리가 되는 것. 그러나 이런 일은 정상적으로 사랑하는 사람들 사이에서는 잘 일어나지 않고 주로 떳떳하지 못하게 관계하는 경우에 잘 발생한다. 그런 경우에는 체면을 잃을지언정 목숨까지는 잃지 않는다.

창하가 잠시 생각을 더듬었다. 심장의 문제도 아니고 뇌동맥류의 문제도 아니다. 그렇다면 대체 어떤 원인이 여자를 급사로 몰아넣었을까?

그사이에 혈액검사 결과가 나왔다.

"기본 독성물질은 검출되지 않았다는데요? 알코올도 섭취하지 않았고요."

원빈이 결과를 알려주었다.

얼마 전의 초짜들처럼 혹시나 마약을 과량으로 먹이고 관계를 한 걸까? 그랬다면 치사가 될 수도 있었다. 하지만 그것도 아니었다. 남자 역시 마약 검사가 불검출로 나와 있었다. 기본 독성물질이 없다면 희귀 독성물질 분석을 한다. 그건 시간이 좀 걸린다. 게다가 결혼하기로 약속하고 맺은 관계. 좋아 죽겠다던 남자가 그런 약물을 먹일 이유는 없어 보였다.

쇼크사.

이제 그쪽으로 넘어갔다. 쇼크사는 원인이 무엇이건 쇼크

상태 후에 사망하는 것이다. 일반적으로는 외적 자극으로 인한다. 외상으로 쇼크사가 올 수도 있고 과민성 체질이라면 약물 투여 등이 원인이 될 수 있었다.

일단 위장을 체크하고 인두부를 절개했다. 여기서 작은 단서가 하나 나왔다.

'수종에 동반된 울혈의 증세……'

인두부는 식도와 후두 쪽이다. 울혈과 수종은 눈에 띌 정도였다.

'약물……'

창하의 생각이 한쪽으로 모였다. 마약이 아니더라도 쇼크사를 불러올 약은 많고도 많았다. 게다가 초과민성인 경우에는 그런 냄새만 맡아도 죽는 경우가 있었다.

창하 시선이 팔뚝과 엉덩이로 내려갔다. 주사 자국을 찾는 것이다. 오른쪽 왼쪽 팔을 다 뒤져도 자국은 없었다. 엉덩이도 결과는 같았다.

'으음……'

부검을 잠시 미루고 참관인으로 따라온 여동생을 만났다.

"알레르기요?"

창하의 설명을 들은 동생이 고개를 들었다. 그리고 바로 응답을 했다.

"있어요."

"있다고요?"

창하의 눈빛이 확 살아났다. 망망대해에서 등댓불을 발견한 기분이었다.

"어떤 알레르기죠?"

"언니는 페니실린 알레르기가 있어요. 페니실린 특이체질이라 어릴 때는 그 주사 맞고 죽을 뻔하기도 했고요."

페니실린.

'오케이.'

단서 하나가 나왔다. 인두부의 수종과 울혈 반응은 페니실린 쇼크사 때도 나타난다.

페니실린, 치료 약의 효자다. 그러나 부작용이 나타나면 무섭다. 증상이 약할 때는 두드러기나 두통으로 끝나지만 심하면 과민성쇼크로 죽는다.

"그럼 혹시 최근에 페니실린이 들어간 약을 복용한 적이 있나요?"

알약으로 방향을 틀었다. 주사 자국이 없으니 길은 그것뿐이었다.

"없어요. 언니가 페니실린 초과민 체질이라 약 지을 때도 의사들에게 꼭 말하거든요. 다른 약은 함부로 먹지도 않고요. 게다가 언니가 요가 한 후로는 한 10여 년 동안 감기 한 번 안 걸린 건강 체질이에요."

"……"

동생이 고개를 저었다.

"그럼 다른 알레르기는요?"

"페니실린 외에는 없어요."

"잠깐만요."

여기서 형사의 도움으로 최근 병원기록을 알아냈다. 여동생 모르게 다녔을 수도 있기 때문이었다. 기록에서 나온 답역시 등댓불을 꺼뜨리는 쪽이었다.

"건강보조제는 어떤가요? 그런 것도 체크가 되었나요?"

형사에게 묻지만 그 답 역시 기대를 벗어나 버렸다.

"현장 수색 당시 먹던 약병 같은 건 없었습니다."

하나같이 답에서 멀어진다. 이렇게 되면 다른 사인을 더듬어야 할 판이었다. 잠시 일어나 생각을 가다듬었다. 관계 중에급사를 한 여자. 위가 깨끗하니 관계 전에 먹은 건 없었다. 그렇기에 독극물 반응도 나오지 않았다.

막혔다.

대체 뭔가 들어갔어야 과민반응이 나올 것 아닌가?

'응?'

순간 마지막 한 가지가 머리를 치고 갔다. 일반적인 것은아니지만 '들어간 것'이 있었다. 30여 년 여자를 모르고 살다가 불이 붙은 남자의 정액. 그것도 한 번도 아니고 더블 헤더……

"형사님."

창하가 형사를 불렀다. 최종적으로 체크해 보고 싶은 게 있었다. 창하로서도 그게 마지막이었다. 만약 여기서도 답이 안 나온다면 이 사망의 종류는 원인 미상으로 나갈 수밖에 없었다.

형사가 관계를 한 남자에게 전화를 걸었다.

"질문할 게 있어서 말입니다."

형사가 통화를 진행했다. 남자와의 용건이 끝나자 이번에는 다른 곳에 전화를 걸었다.

"사진 받았습니다."

통화를 끝낸 형사가 핸드폰 화면을 내밀었다. 남자가 들른 병원이 있었다. 편도가 좋지 않아 주사를 맞았다는 답이 나왔기 때문이었다. 화면에 남자의 처방전이 나왔다.

'아……'

빛이 사라지던 망망대해에 해가 솟아올랐다. 복하사의 원인은 거기에 있었다. 남자가 치료를 위해 맞고 온 주사. 그게 바로 페니실린 주사였다.

"수고하셨습니다. 사망원인 찾았습니다."

창하 목소리가 밝아졌다.

"……?"

여동생과 형사가 창하를 주목했다.

"여기 처방전 보시면 페니실린 주사가 있죠? 그것도 오후 5시 20분이니까 두 사람이 관계를 하기 직전입니다."

"……?"

"관계를 하면서 남자가 사정을 합니다. 더블 헤더였다니 두 번이었겠죠? 그 정액에 주사로 맞은 페니실린 성분이 들어간 겁니다."

"……?"

"둘이 오래 사귄 게 아니니 여자는 아직 페니실린 과민성이라는 말을 하지 않았겠죠. 물론 남자 역시 자기가 맞은 주사의 주성분이 무엇인지 잘 몰랐을 테고, 설령 알았다고 하더라도 그게 정액을 통해 여자에게 치명타를 줄 줄은 몰랐을 겁니다."

"선생님, 이론은 알겠는데요, 그게 정말 가능한 겁니까?"

"지금 눈앞에 펼쳐졌지 않습니까? 일부 알레르기나 과민성 체질들은 그런 물질에 폭로되거나 섭취했을 때 쇼크사를 당하는 경우가 왕왕 있습니다. 이 경우 역시 그런 것인데… 안타깝군요."

"언니……."

여동생이 울음을 터뜨렸다. 그야말로 청천벽력이다. 사랑하는 사람을 만나 사랑을 나누다 소리도 없이 저물어 버린 복하사.

남자의 입장도 그렇다. 결혼을 약속하고 나눈 첫 번째 관계. 그런데 이런 결과가 나오게 되다니…….

"정리합니다. 사망의 원인 페니실린 쇼크사, 사망의 종류 사고사."

창하가 부검 소견을 밝혔다. 포기하지 않고 치밀하게 추적해 밝혀내는 주검의 진실. 명의가 불치병을 고치는 것에 비견되는 창하의 보람이었다.

명의는 병을 고치고 부검의는 주검의 진실을 밝힌다. 생의 의사와 사의 의사. 스포트라이트는 전자에 쏠리지만 창하는 개의치 않았다. 이 일 역시 의사가 해야 할 일이었다.

퇴근 직전, 부검 하나가 더 할당되었다. 원래는 오전에 지한세에게 배정되었던 것. 출장 수사 문제로 오후로 밀리면서 떠버린 부검이었다. 지한세가 이틀 전 부검의 현장 확인을 위해 화성으로 출장을 나간 것. 하필이면 그 시간에 시신이 들어왔으니 언제 올지 모르는 지한세를 기다릴 수 없었다.

국과수는 바쁘다.

비록 부검을 하더라도 유족들은 삼일장을 치르길 원한다. 부검 때문에 장례를 계속 미룰 수도 없는 것이다.

"알겠습니다."

흔쾌히 받아들였다. 창하가 손을 저으면 이 시신은 피경철에게 돌아갈 확률이 높았다.

부검실로 향할 때였다. 주차장에 굉장한 미인 하나가 보였다. 하얀 벤츠의 그녀는 그저 서 있는 것만으로도 밀로의 비너스 조각상을 연상케 할 정도였다.

'아, 연미라⋯⋯.'

그제야 생각이 났다. 아이돌가수 출신으로 연기로 전향한 이 시대의 아이콘. 그녀였던 것이다.

'그럼 이번 부검이?'

창하 머리가 빠르게 돌아갔다. 이제 국과수에 익숙해진 창하. 저런 여자가 국과수 위문을 올 리 없으니 부검이 의뢰된 시신과 연관이 있는 게 분명했다.

예상은 제대로 맞았다.

"연미라 동생이래요."

부검실에 들어서자 원빈이 말했다.

"······!"

시신을 보고 출렁 가슴이 떨렸다. 시신이 아니라 미녀가 잠든 것만 같았다. 연미라의 동생은 언니 못지않은 미인. 교통사고라는 말을 들었지만 안전벨트 자리에 난 약간의 타박상 외에는 티 한 점 없는 자태였다.

"시작할까요? 두 분도 얼른 퇴근하셔야죠."

창하가 메스를 잡았다. 국과수 직원도 저녁이 있는 삶을 좋아한다. 원빈과 광배라고 예외일 리 없었다. 외표 검사에서는 별로 나온 게 없었다. 정말이지 톡 건드리면 부스스 일어날 정도로 깨끗했다.

"클럽에서 취한 남친이 음주 운전을 했나 봅니다. 네 명이 탔는데 이 여자만 죽었습니다."

사건 담당 형사의 말이었다. 당시 남자가 밟아댄 속도는 총

알이었다. 인도 위로 올라가 건물을 들이박고 멈췄지만 운전
자는 목숨을 건졌다. 조수석의 친구가 심한 부상을 당했다지
만 그 역시 목숨에는 지장이 없는 정도. 사망자는 오직 연미
라의 동생뿐이었다.

메스로 가슴을 열었다.

"……!"

주시하던 원빈이 흠칫 흔들렸다. 겉보기와 달리 안은 폭
격 상태였다. 11번, 12번, 13번 척추가 박살 나고 주변 부위
의 대동맥이 절단된 것이다. 덕분에 과다 출혈이 있었고 그
것들은 하체로 내려가 혈전의 바다를 이루고 있었다. 창하
는 크게 놀라지 않았다. 척추 박살은 이미 CT에서 확인한
바였다.

'대동맥 횡절단……'

초과속의 증거였다. 이런 부상이 나오려면 적어도 120㎞ 이
상을 밟아야 했다.

그것만이 아니다. 복부의 내장들이 파열되고 열상의 흔적
도 나왔다. 척추 앞에 붙은 대동맥이 잘려 나갈 정도였으니
충격의 순간이 어떤 악몽이었을지 짐작이 갔다.

더 비극적인 것은 머리였다. 원빈이 열어놓은 뇌. 멀쩡했다.
멀쩡한 것이 왜 비극일까? 의식 때문이다. 의식이 있으니 숨이
끊길 때까지의 통증을 고스란히 감수해야 하는 것이다. 이런
경우라면 길어야 몇 분이다. 하지만 극한의 고통은 단 몇 초

도 참기 힘든 게 인간이었다. 그런데 몇 분이라면… 고통을 당하는 사람에게는 몇십 년으로도 느껴질 시간이었다.

이 부검 역시 보험이 쟁점이었다. 처음에는 급발진 문제가 제기되었지만 음주 운전에 동승자까지 사망하자 지병의 유무가 문제가 된 것이다. 보험회사의 생리는 원래 그런 쪽이었다.

「사망의 종류—사고사」

창하의 사인은 어렵지 않게 나왔다. 부검에 들어간 지 16분 만이었다.

"아, 교통사고 무섭네요. 음주 운전은 막아도 막아도 나오니……."

형사가 고개를 저으며 나갔다.

창하도 공감이었다. 정부가 어떤 정책을 쓰더라도 음주 운전은 줄지 않는다. 오죽하면 국과수 업무 건수 톱에 음주 측정이 올라앉았을까?

"선생님."

복도로 나가자 맑은 목소리가 창하를 불렀다. 돌아보니 그 여자였다. 톱스타 연미라…….

"저… 요?"

창하가 되물었다. 연미라와는 일면식이 없는 까닭이었다.

"저희 동생 부검하셨다면서요?"

"예……."

"제 동생 어땠나요? 제가 빌려준 차였거든요."

연미라가 울먹거린다. 그녀는 차가 두 대였다. 그중 한 대를 동생이 더러 빌려 탔다. 사고가 난 날도 그랬다. 언니로서 일종의 자책이 되는 모양이었다.

"제가 차만 안 빌려줬어도……."

"……."

"겉보기에는 크게 다친 거 같지 않았는데 죽을 때 고통스럽지는 않았을까요?"

"즉사였습니다. 고통은 없었을 겁니다."

창하의 말은 거짓말이었다. 굳이 시시콜콜 상황을 전달해 남은 사람들의 마음에 못을 박을 필요는 없었다.

"기다리면서 들으니 선생님 집도가 최고라고 하더군요. 동생의 사인을 밝혀주셔서 고맙습니다."

그녀가 또 한 번 고개를 숙였다.

"선생님."

그녀가 돌아서자 원빈이 다가왔다.

"뭐래요?"

"부검 맡아줘서 고맙다네요."

"저 여자, 울었죠?"

"예. 그런 것 같던데요?"

"아, 톱스타가 눈물도 많네. 전에 황나래 부검 때도 와서 울더니."

"예? 누구요?"

낯익은 이름에 창하 눈빛이 발딱 일어났다.

제7장
—
플랑크톤이 전하는 진실

"황나래요. 화재사로 여기서 부검했거든요."

"그건 나도 알아요. 그런데 저분이 왜?"

"공부만 하셔서 모르시구나? 연미라가 황나래하고 절친이에요. 그러니 부검까지 따라왔던 거 아니겠어요?"

"절친?"

"아이돌 발굴 프로그램에 같이 출연한 후로 절친이 되었다고 하더라고요. 그 후로 소속사 달라지면서 걸어간 길은 다르지만……."

"그래요?"

"오죽하면 황나래 죽은 후로 출연하던 프로그램도 쉬고 있다고 하더라고요. 충격 제대로 먹었나 봐요."

"예……."

"이런 일만 아니면 사인 좀 해달라는 건데… 저희 어머니가 연미라 광팬이거든요."

"그렇군요."

창하가 웃었다.

연미라는 창밖의 차에 오르고 있었다. 창하와 시선이 마주치니 공손히 목 인사를 건넨다. 창하도 맞인사로 예의를 갖췄다. 절친에 이어 동생까지. 그녀 슬픔의 무게를 알 것 같았다.

그녀 차가 국과수를 나갔다. 연미라와 이창하. 첫 인연은 이렇게 맺었다.

*　　　　*　　　　*

신문을 보았다.

미궁 살인, 혹은 그 비슷한 사건 보도도 없었다. 신문이라는 게 이렇다. 큰 사건이 나면 유사한 것까지 다 들이대고, 잠잠해지면 오히려 비슷한 사건도 보도하지 않는다.

창하는 두 번째 부검 자료를 살폈다. 익사 시신이었다. 그러나 보통 시신이 아닌 부검. 플랑크톤, 그중에서도 규조류 자료가 필요한 일이었다. 전국의 하천과 그 하천의 플랑크톤 논문까지 뒤져댄다. 이걸로도 해결이 안 되면 현장에도 나가야 한다.

"……!"

발품 끝에 의미 있는 자료를 찾아냈다. 그때 피경철이 들어왔다. 갓 부검을 끝낸 것인지 굉장히 피곤한 기색이었다.

"이 선생, 차 한잔 얻어 마실 수 있을까?"

피경철이 빈 의자에 앉았다.

"부검이 이제 끝난 겁니까?"

커피를 주며 창하가 물었다. 피경철은 세 시간 반 전에 부검실로 들어갔다. 그 말은 곧 부검이 세 시간 반이나 걸렸다는 뜻이었다.

"박살 난 시신이 두 구잖아? 자칫하면 밤새울 뻔했어."

대답하는 그의 이마에 식은땀이 맺혔다. 굉장한 사투였음을 알 수 있었다. 그럼에도 단독 부검에 임한 피경철. 그의 뚝심을 알 것 같았다.

오늘 그에게 배정된 부검은 고속도로 교통사고 시신이었다. 여자가 연예인이라고 들었다. 둘은 부부였지만 얼마 전에 이혼소송을 제기한 상태였다.

야밤에 차가 차도 한가운데서 멈췄다. 두 사람이 차에서 내리는 순간, 뒤따라오던 화물트럭이…….

와—작!

"엄청나더군."

피경철이 고개를 저었다.

"제가 보조 좀 해드릴 걸 그랬습니다."

창하가 피경철을 위로했다.

"자네는 뭐 놀았나? 오늘 배정 건만 해도 세 건이던데?"

"그래도요, 손상이 많은 시신은 시간이 서너 배 더 들지 않습니까?"

"자네도 어제 교통사고 부검했잖아? 게다가 부부라니… 보험에 상속까지 얽힌 일이니 혼자 하는 게 맞아."

"상속까지요?"

"해부학 배우면서 미국의 사례를 들은 적 있나? 재벌급 변호사 가족의 비행기 사고."

"아, 변호사가 남긴 유서 말이군요? 교수님 강의로 들었습니다."

"이번 건도 비슷했네. 재산의 규모는 그보다 작지만……."

피경철이 이마의 땀을 씻어냈다.

미국 변호사의 비행기 사고는 부검의 또 다른 진가를 발휘한 일이었다. 한 재벌급 변호사가 아내와 딸을 태우고 소형 비행을 하다 추락했다. 셋 다 목숨을 잃었다. 문제는 변호사의 유언장이었다. 자기가 죽으면 전 재산을 아내와 딸에게 준다는 글을 남겼던 것. 하지만 일가족이 동시에 죽었으니 그 재산은 변호사의 동생에게 상속하게 되었다.

아내의 여동생이 소송을 걸었다. 아내가 조금이라도 나중에 죽었을 수 있으니 부검으로 확인해 달라는 것이었다. 그녀의 말대로라면 재산은 아내에게 상속이 되었을 테고, 아내가 죽음으로써 그녀의 동생에게 상속되는 게 맞았던 것.

소송은 여동생이 이겼다. 부검 결과 간발의 차이로 변호사가 먼저 죽었다는 결과가 나왔던 것이다.

"이 부검도 비슷했네. 미국의 경우와는 반대로 여자가 부자였지. 인기 스타였거든. 남편은 그녀의 매니저를 하다가 결혼한 케이스인데 최근에는 능력을 의심받아 이혼소송까지 걸린 상태고… 여자가 변호사에게 유언장을 작성해 두었는데 만약 자기에게 무슨 일이 생기면 재산은 자신을 친자식처럼 길러준 이모에게 주라고 했던 모양이야."

'이모……'

"하지만 아직 이혼 전이었잖나? 남편 쪽 집안이 그냥 넘어갈 리 없지. 그러니 이 건도 여자가 먼저 죽었다면 남편 집안으로 재산이 상속될 공산이 크더군. 여자 재산이 이것저것 합치면 100억 정도 된다나? 연예인들, 그 많은 돈은 어떻게 벌어들이나 몰라?"

피경철이 웃었다.

국과수 칼잡이 25여 년. 만년 검시관으로 무보직이니 4급 서기관이다. 군의관 경력까지 30호봉이라고 해야 봉급은 500만 원. 이런저런 수당을 합친다고 해도 600만 원 남짓에 불과했다. 썩어도 준치라고 검시관도 의사인데 25년 경력자의 연봉이 7~8천만 원. 쓴웃음이 날 만도 했다.

"결과는 어떻게 나왔나요?"

창하가 물었다.

"형사 얘기 들어보니 남자는 스타 마누라 피 빨아먹는 인간 기생충, 게다가 출연 교섭이라는 빌미로 외도에 성매매도 서슴지 않았던 모양이야."

"……."

"여자는 뇌출혈사였고 남자는 하체에서 상체로의 운과(運禍)였네."

"남자가 먼저 죽었군요?"

창하는 바로 상황을 그려냈다.

피경철의 말에 의하면 여자는 머리를 치었다. 그러니 심장이 멈추는 데는 약간의 시간이 필요했다. 그러나 남자는 차바퀴가 하체에서 위로 올라갔으니 심장이 먼저 박살 났다. 그러니 동시에 일어난 사건이라면 남자가 먼저 죽었다고 보는 게 타당했다.

"저분들인가 보네요?"

창밖을 보던 창하가 피경철을 바라보았다.

"유족들이 왔었는데 가시나?"

피경철도 고개를 들었다. 여자 쪽의 상속 지명자 이모가 차 앞에서 죽은 스타의 사진을 끌어안고 울고 있다. 반면 남자 쪽 보호자들은 형사를 붙잡고 설전을 벌이고 있었다.

인성이다.

검시관에게는 슬픈 장면이 아닐 수 없었다.

"저렇지… 그래서 그런지 부검 끝나니까 살짝 떠 있던 여자 눈이 저절로 감기더군. 인간이란 참… 죽어서도 오묘해? 그렇지 않나?"

피경철이 찻잔을 내려놓았다.

"선생님도 홀가분하셨겠어요?"

"내가 뭘? 칼잡이야 있는 그대로 밝혀주면 될 일."

"뭐 그렇긴 하죠."

"나야 한고비 넘기긴 했는데 이번 자네 부검도 보통은 아닌 것 같던데?"

"아, 예……."

"요즘 자네가 한몫하면서 선배들이 널널해진 것 같아. 그런데도 다들 고마운 줄 모르지."

피경철이 복도로 나갔다. 창하의 부검 시간이 임박해지니 알아서 피해주는 것이다.

'멋진 분.'

지친 어깨의 피경철에게 응원을 보냈다. 나이 먹었다고 다 꼰대가 아니다. 티 내지 않고 자신의 일에 충실하는 사람. 그 뒷모습은 언제나 듬직해 보였다.

'저런 분이 국과수 원장이 되어야 하는데…….'

세상은 반대로 가고 있었다.

창하는 생각했다. 언젠가 방경욱이 말한 비전처럼 법과학공사 같은 걸 만들게 된다면 반드시 피경철을 중용하겠다고.

뚜우뚜우.

그 사이에 인터폰이 울렸다.

—선생님, 부검 준비 끝났습니다.

원빈의 연락이었다.

부검복으로 갈아입었다. 마스크를 끼고 라텍스 장갑도 꼈다. 메스는 물론 필수품이었다. 백택의 메스는 볼수록 신기했다. 세련된 맛이라고는 하나도 없다. 그래도 기능 하나는 끝내줬다. 부러지지도, 날이 무뎌지지도 않는 것이다. 칼집에서 나오는 메스의 날은 천하의 드워프 명인이 갓 만들어낸 명검처럼 날이 시렸다. 그렇기에 조금 무딘 조직도 문제가 되지 않았다. 어쩌면 질긴 악어가죽이라고 해도 백택의 메스는 단숨에 절개해 낼 것만 같았다.

채린과 장혁에게서는 별다른 연락이 오지 않았다.

첫째는 중국과 일본의 미궁 살인.

둘째는 황나래 사건에 대한 재수사 여부.

궁금하지만 살짝 접어놓았다. 당장은 지난밤 평택에서 의뢰된 매장 시신의 부검이 우선이었다.

경기도 평택.

그러나 서울 국과수 관할 지역이다. 국과수는 전국에 지역

사무소를 두고 관할을 지정하고 있다. 서울 사무소의 관할은 인천광역시를 포함해 경기도를 포함한다. 다만 용인, 광주, 이천, 여주, 안성, 가평과 양평군은 예외였다.

피경철의 말대로 이 매장 시신은 창하의 요청으로 배정을 받았다. 어떻게 보면 황나래의 매장 부검을 염두에 둔 포석일 수도 있었다. 방성욱의 경험치에는 거의 모든 부검이 망라되어 있지만 달리 보면, 그리고 인류의 모든 부검에 정통한 건 아니었다.

"될까요?"

대기실에 들어서자 형사가 우려의 눈빛을 보냈다. 서류를 보니 매장된 지 무려 12년이 지난 시신이었다. 부검을 요청한 이유는 역시 재산 다툼이었다. 네 남매를 두고 있던 사망자. 시립병원 기능직 출신이었다. 약간의 치매가 있었지만 요양병원을 마다해 막내가 모시고 살았다.

"내가 일 년에 반을 외국 나가 있는데 형수 혼자 어떻게 아버지를 모시냐?"

"우리는 마음은 있지만 맞벌이라 안 돼요."

"나는 우리 시어머니 관절염 돌보기도 바빠."

위로 셋이 나란히 고개를 저었던 것.

12년 전 새벽, 사망자는 몸에 좋다는 다슬기를 잡으러 나갔다가 물가에서 시신으로 발견되었다. 발견자는 동네 이혼남. 당시 이 실개천의 최고 수심은 2m였다. 또 다른 지류의 개천은 60㎝ 정도로 낮았지만 큰 다슬기를 잡으려는 욕심으로 깊은 곳으로 갔다가 사고를 당한 것으로 보았다.

해외에 나가 있던 장남과 차남이 들어오고 제주에 살던 여동생도 친가로 왔다. 경찰은 다슬기 철에 종종 일어나는 사고였으므로 부검을 의뢰하지 않았다.

문제는 매장 수년 후에 일어났다. 재산 분배를 마친 2년 후부터 막내의 씀씀이가 커진 것. 집도 새로 짓고 차도 좋은 것으로 뽑아대니 형과 누나가 의심의 눈초리를 보내기 시작했다.

"실은 아버지가 나 고생한다고 비상금을 좀 주었어요."

참다못한 막내가 아버지의 녹음을 들려주었다.

"현금은 고생한 우리 막내가 가져야지."

금액은 3억이라고 밝혔다. 그러나 의심 쪽으로 쏠린 형제들 귀에는 그 말이 들어오지 않았다.

"그 양반이 원래 그 물에는 안 가요."

동네 지인들의 의견도 의심에 기름을 부었다.

이제라도 부검을 해보자.

막내가 살해하고 익사로 위장한 건지, 아니면 진짜 물에 빠져 죽은 익사인지.

세 남매가 작당을 하니 막내는 따를 수밖에 없었다. 결국 경찰에 신고가 이루어졌고 무덤에서 나온 매장 사체가 창하의 부검대에 올라온 것이다.

"가능할 겁니다."

창하는 긍정적이었다.

매장 12년. 양자의 주장이 대립할 때 속 시원한 답을 내리기 쉽지 않은 부검이었다.

익사.

물에 빠져 숨진 사람이다. 그러나 익사는 생각처럼 쉬운 판단이 아니었다. 특히 오랫동안 물속에 있던 시신이라면 더욱 그렇다.

최근에는 이 판별에 플랑크톤이 동원된다. 플랑크톤은 범세계적이다. 지구 어디라도 존재한다. 신기하게도 증류를 해도 끈질기게 남는다. 따라서 시신에서 플랑크톤이 나오면 익사로 판단한다. 익사할 당시 호흡기를 통해 들어간 후에 폐를 거쳐 오장으로 번지기 때문이었다.

하지만 유의할 점이 있었다. 타살된 사체를 물에 던져 넣어도 폐와 위에 플랑크톤이 들어가는 것이다. 수압의 차이로 일어나는 현상이었다.

따라서 폐와 위에서만 플랑크톤이 나왔다면 익사로 진단하기 어렵다. 익사 진단이 확정되려면 두 장기 외에 간, 신장, 비장, 혈액 등에서도 플랑크톤이 나와야 하는 것이다.

플랑크톤은 강물이나 하천의 지점에 따라 서식 분포와 밀집도가 다르다. 따라서 플랑크톤을 이용하면 물에 빠진 위치까지도 짚어낼 수 있었다.

부검의 하이라이트는 규조류였다. 규조류는 작은 불사신이다. 산에 강한 데다 여간해서는 부패도 되지 않는다. 이런 특성 때문에 매장된 시신에서도 규명이 가능했다.

원리는 호흡이다. 익사자가 익사 당시 호흡을 하면 폐순환계로 유입된다. 이 물이 심장의 순환 펌프를 타고 대순환계로 들어가면 전신으로 확산된다. 이런 과정을 따라 치아와 골수까지 들어간다. 그렇기에 매장 시신은 물론이오, 화장을 한 시신이라도 백골이 있으면 규조류의 증명으로 익사를 확인할 수 있었다.

매장 12년의 시신.

익사였다면 플랑크톤 규조류가 나올 것이오, 아니라면 검출되지 않을 것이다.

주차장에서 기다리는 네 남매의 혀가 바짝 타들어갈 무렵, 창하의 시선은 플랑크톤 검사용 챔버에서 떨어지지 않았다.

규조류, 과연 증명될 것인가?

"……!"

반응이 나오자 창하 시선이 꿈틀 움직였다.

"나왔습니까?"

긴장하던 형사가 물었다.

"나왔네요."

"예."

"어우, 익사가 맞군요. 그럼 해결이네요. 그놈의 돈이 뭔지 멀쩡한 부친 무덤까지 파헤쳐 가면서 이게 무슨……."

형사는 사건이 해결된 것으로 알고 숨을 고르지만 창하는 세부 검사 중이었다. 그것까지 끝나고서야 창하의 최종 판단이 나왔다.

"해결이 아니라 시작이네요. 살인 같습니다."

"예?"

안정되어 가던 형사의 눈빛이 벼락처럼 튀었다.

익사의 바로미터인 규조류가 나왔는데 왜?

*　　　*　　　*

규조류.

골수나 치아 등에서 증명되면 익사다. 이론의 여지가 없다. 그런데 규조류는 온리 원이 아니었다. 대충 꼽아도 한나절(?)이

걸린다.

—키토케로스 속
—리조소레니아 속
—타라시오시라 속
—샤토네라 속······.

너무 많이 나열하면 독자님들이 분량 늘려먹는다고 항의하니 이 정도로 끝내야 한다. 실례로 충남 금산에서 실시한 유등천의 규조류 검사 결과 6월에만 95종이 검출되었고 8월에는 75종으로 내려갔다. 플랑크톤들은 하천이나 강물의 위치, 계절이나 온도에 따라 종류가 변하고 숫자도 변한다. 그렇기에 익사자가 익사한 지점을 알 수 있는 것이니 창하의 검사법이 바로 그것이었다.

"익사자는 다른 물에서 익사한 후에 옮겨진 것입니다."

"······?"

창하가 선언하자 형사의 눈이 뒤집혔다. 사실 형사도 다 같은 형사가 아니다. 국과수에서 최고로 치는 경찰서 형사들은 경기도의 모 경찰서 팀이다. 이들의 증거 수집 능력은 전국 최고라고 해도 과언이 아니다. 바꿔 말하면 그 지역에 강력사건이 많다는 방증이었다.

따라서 강력사건이 적은 지방 경찰서의 경우, 국과수의 설명조차도 제대로 이해하지 못하는 형사들이 많았다. 지금 이 형사가 그런 경우였으니 게다가, 형사과 신참이었다. 귀찮은 사건으로 생각한 고참들이 신참의 등을 떠밀어 버린 것. 덕분에 창하는 원론적인 설명부터 들이대야 했다.

"시신에서 규조류가 나오면 익사가 분명하다고 말씀드렸죠?"

"네."

형사는 수첩까지 꺼내 들고 경청한다.

"이 시신은 규조류가 나왔습니다. 익사는 분명합니다."

"……?"

"그런데 그 규조류가 이 시신이 발견된 지류에서 나는 게 아닙니다. 시신이 온다길래 그쪽 하천에 관련된 플랑크톤 논문과 과거 사례를 살펴봤는데 이 시신에서 나온 규조류는 그 옆 지류의 하천에 서식하는 종류입니다."

"……?"

"그러니까 익사는 익사인데 그 옆의 얕은 하천에서 물에 빠뜨려 죽인 후에 깊은 하천으로 옮겨놓은 것입니다. 얕은 하천에서 발견되면 살인의 의심을 받을 수 있기 때문이죠."

"그러니까 선생님 말은 누군가 얕은 하천에서 살해한 후에 시신을 깊은 하천 지류로 옮겨 유기했다는?"

"그렇습니다. 시신에서 나온 규조류는 시신이 발견된 하천의 종류가 아닙니다."

"이런……."

"이 결과는 비밀로 한 채 막내아들과 최초 발견자를 다시 조사해 보세요. 그럼 뭐라도 나올 겁니다."

"알겠습니다."

형사가 돌아섰다. 복도 끝에서 긴 통화를 하더니 밖으로 나갔다. 남매들이 형사에게 몰려들었다.

"결과 어떻게 나왔습니까?"

"잠깐만요, 제가 막내분에게 확인할 게 좀 있습니다."

형사가 막내를 구석으로 데려갔다.

"뭐라고요?"

막내가 펄펄 뛰었다. 하지만 오래가지 않았다. 경찰서로 불려 온 최초 발견자에게서 자백이 나온 것이다.

"내천에서 죽이고 명경천으로 옮겼다고 국과수에서 결과 나왔어. 막내아들이 네가 범인이라고 불었고."

"조까라마이싱, 죽여달라고 한 건 그 새끼예요."

형사들이 던진 떡밥에 그가 반응해 버린 것.

"……."

그 소식을 들은 막내 눈빛이 무너졌다.

"으어, 씨… 엊그제 꿈에서 아버지가 사발 물에 내 머리를 박더니……."

막내가 주저앉았다.

사건의 개요는 간단했다. 최초 목격자였던 이혼남. 바람을 피운 관계로 아내에게 이혼 위자료를 주어야 했다. 그게 바로 사망자에게 빌린 돈.

이후 사망자에게 치매기가 생기면서 빚 독촉을 않으니 갚을 생각이 없어졌다. 막내아들과도 친한 편이므로 호시탐탐 차용증서 훔칠 기회를 엿보았다.

어느 날 마침내 차용증서를 찾아냈다. 하지만 그걸 들고 나오다 막내아들에게 들켜 버렸다.

"으억!"

사실 막내아들도 아버지에게 맺힌 게 있었다.

시립병원 기능직으로 퇴직한 아버지. 실은 비리 종합 세트였다. 수완이 좋아 입원 급행료를 챙기는가 하면 공무원 신체검사 같은 데서 뒷돈을 챙겼다. 정상치를 벗어나는 검사 결과가 나오면 그걸 무마해 주는 조건으로 돈을 받아먹은 것. 그 돈으로 의사들을 챙기며 쏠쏠하게 돈을 모았다. 의사들 역시 찬밥 대우의 시립병원 생활을 하다 보니 선물이라도 챙겨주는 사망자가 싫지 않았던 것.

그렇게 모은 돈으로 은밀하게 금을 사 모았다. 죽은 아내도 모르고 자식도 몰랐다. 금은 다락방의 이중 바닥에 차곡차곡 쌓여 있었다. 현재가로 환산하면 3억이 넘을 판이었다. 그 사실을 알게 된 막내가 아버지를 떠보았다.

"나 죽으면 큰형 몫이야."

아버지의 대답은 완고했다. 살기는 막내와 살면서 온갖 자질구레한 신세를 지는 노인네. 그런데 숨겨둔 금은 큰형을 준다니 핏대가 올랐다.

마침 눈길도 안 주던 읍내 노래방에 들렀다가 도우미에게 빠진 막내, 어느 날 아버지 몰래 하나를 훔쳤다가 모욕을 당했다. 전당포에 맡기고 금전을 융통한 후에 가을 수확기에 갖다 놓으려다 덜미를 잡힌 것. 격한 질책을 당하면서 아버지에 대한 살의가 생겼다.

그 두 사람의 생각이 술자리에서 나왔다.

"우리 아버지 좀 어떻게 해봐요. 그럼 내가 그 차용증서는 찢어줄 테니까."

3,000만 원짜리 차용증서.

그게 이혼남의 눈을 멀게 했다. 결국 다슬기를 잡으러 나온 사망자를 물에다 눌러 익사시킨 후에 다음 하천으로 싣고 가서 던져놓은 것. 그곳은 물이 깊어 이따금 사망자가 나오는 곳이기도 했었다.

큰아들이 최고.

나이 먹은 사람은 세뇌 교육이라도 받듯 그런 생각이 강했다. 그러나 실은 입버릇일 뿐이었다. 사망자가 죽은 후, 막내아들은 형제들에게 알리기 전에 아버지 물건부터 수색했다. 이혼남의 차용증서를 찢고 금붙이를 치웠다. 그때 금붙이 사이에서 봉투 하나가 나왔다.

「이 금은 막내 전우성의 것이다. 홀아비인 나와 산 공이 있으니 큰애와 다른 아이들이 이해하기 바란다.」

'억!'
금붙이를 떨어뜨리고 말았다. 아버지의 숨은 본심을 알았지만 이미 엎어진 물. 봉투는 찢어 변기에 넣고 물을 내려 버렸다.
다행히 사건은 별 의심 없이 넘어갔다. 아버지 명의의 땅은 처분해 형제들과 나눴다. 그렇게 잊히던 사건이었다. 그런데 다른 것도 아닌 플랑크톤 때문에 들통이 난 것이다.
"그럴 줄 알았으면 그 하천에 그냥 둘걸."
이혼남이 경찰 취조 중에 던진 탄식이었다.
'그럴 줄 알았으면……'
그 단어에 대한 회한은 막내가 더 컸다. 어차피 자기 몫이 될 금덩어리. 이제 와 돌아보면 황금알을 낳는 거위의 배를 갈라 버린 꼴이었다.

"우허어엉."

막내는 통곡을 하며 수갑을 받았다.

"으아, 저렇게 되면 금은 어떻게 되는 거죠?"

상황을 파악한 원빈이 창하를 바라보았다.

"금의 소유권도 결국 인정받지 못할 것 같네요. 증명이 될 봉투를 버렸으니까."

"어휴, 어차피 자기 게 될 금을……."

"인간의 욕심 아니냐? 그까짓 금덩어리에 아버지를……."

광배도 탄식을 보탰다.

부릉!

창하가 시동을 걸었다. 형이 사준 SUV가 도착한 것이다. 비싼 차는 아니지만 마음에 들었다. 똥차는 영업 사원이 300만 원을 쳐주고 가져갔다.

"이건 제 선물입니다."

광배가 다가와 막걸리를 부었다. 네 바퀴 골고루 적셨다. 원빈은 트렁크 깊은 곳에 흰 실을 묶은 북어를 쨍박았다. 무사고 기원이라니 군말 없이 받아들였다.

"형, 고마워."

운전석에서 형에게 전화를 걸었다.

―고맙기는, 형이 나중에 회계법인 차리면 아우디 뽑아주마.

"됐어. 나는 뭐 그때 놀고 있을 줄 알아?"

―야, 국과수 공무원 월급이 얼마나 된다고?

"형은? 회계법인은 아무나 차려?"

―그런가?

"아무튼 퇴직 때까지 잘 탈게. 형수님한테도 고맙다고 전화했으니까 그런 줄 알아."

―자식, 밥은 잘 챙겨 먹고 다니냐?

"당연하지. 부검의는 뭐 밥도 안 먹고 사는 줄 알아?"

―미궁 살인인가 그건 이제 끝난 거냐?

"대충 그런 거 같아."

―그런데 이번에는 중국이 심상찮은 모양이더라.

"중국?"

창하 촉이 발동했다. 지난번 채린이 말한 건이 민간에 돌기 시작한 모양이었다.

―그거야 뭐 중국 얘기고… 아무튼 다행이다. 우리 아우가 국과수에 있는 동안은 끔찍한 사건은 좀 일어나지 말아야지.

"눈물 나네. 끊는다."

형과의 통화를 끝냈다. 그때 장혁의 전화가 들어왔다.

―선생님, 퇴근 후에 시간 좀 되시나요?

"예, 아직까지는 부검 긴급 배정이 없거든요."

―그럼 제가 검찰청으로 임의 호출 좀 해도 될까요? 드릴 말씀 있으니 조용히 들어오세요.

"그렇게 하죠."

창하가 답했다.

장혁의 목소리는 진중했다. 분위기를 보니 황나래 건으로 보인다.

재수사…….

허락이 떨어진 걸까?

아니면 No 사인이 난 걸까?

서류 마무리를 하고 검찰청으로 향했다. 신호 대기 중에 건물의 전광판이 눈에 들어왔다. 대권 후보들의 여론조사 결과가 나왔다. 국무총리에 조경국, 류재승, 박선규… 조사 결과가 박빙이었다.

"선생님."

검찰청에 들어서니 장혁이 마중을 나와 있었다. 그를 따라 검사실에 들어섰다.

"검사실 처음이죠?"

그가 소파를 권하며 물었다.

"예. 떨리는데요?"

"왜 이러십니까? 검찰청이 뻣뻣하기로 국과수 부검실만 하려고요? 저 처음 거기 들어갔을 때 오줌 지릴 뻔했다니까요."

"대한민국 검사가요?"

"검사는 뭐 사람 아닙니까? 솔직히 부검에 관한 건 국과수로 완전 이관이 되었으면 좋겠어요. 업무 일원화도 되고……."

"미국 검시관들이 그렇죠."

"아, 참. 미국이 그런 시스템이죠?"

"영국은 한 발 더 나가죠. 거긴 민간 법과학공사가 법의학을 주도하거든요."

"대한민국 국력에 비추어볼 때 그것도 괜찮겠네요. 나중에 이 선생님이 그런 기관 한번 추진해 보시죠."

"밀어주실 건가요?"

"제 도움이 필요하다면 언제든지요. 사실 국과수가 정부 기관이다 보니 정부와 관련된 부검의 경우에는 괜한 오해를 받는 경우가 있거든요."

"이거 계약 성립된 겁니다."

"응? 농담이 아니시네?"

"그럼요. 한국법의학공사, 저는 꼭 한번 이루고 싶습니다."

"일단 저는 무조건 응원이고요… 실은 지난번 황나래 건 때문에 모셨습니다. 제가 찾아가면 선생님 제보라는 게 알려질 수도 있어서……."

"그런 줄 알았습니다. 결재가 떨어졌나요?"

"지난번에도 말씀드렸지만 이게 굉장히 예민한 문제 아닙니까? 오늘 신문 보셨나요?"

장혁이 석간을 내밀었다. 오면서 본 대권 여론조사표였다. 당연히 황나래의 시아버지 조경국이 있었다.

"부장님에게 사표 맡기면서 승부수 띄웠더니 일단 한번 간을 보자고 하셔요. 그래서 저랑 둘이 황나래 남편을 만났죠. 황나래 남편에게서 로비 들어온 적이 있거든요. 바로 콜받더 군요."

"......"

"대화 중에 이런저런 첩보가 있다고 둘러대며 슬쩍 사건 당시를 떠봤는데 식사 자리 끝나고 나올 때 부장님 재가가 떨어졌습니다."

"어떤 이유로?"

"사람은 말이죠, 보통 얼마 전 일을 물어보면 정확히 말하지 못합니다. 그런데 조민수는 아주 족집게처럼 시간대를 대가며 말하더라고요. 미리 대비라도 한 듯이 말입니다. 우리 부장님도 수사통 출신이니 감이 온 거죠. 내일 지검장님 재가 받아주신다고 하셨습니다."

설명하는 장혁의 눈이 화산처럼 타올랐다.

제8장
—
완전범죄를 무너뜨린 '틈'

디롱띠롱!

첫새벽, 창하 핸드폰이 울렸다. 알고 보니 공무원은 인턴과도 유사한 신세였다. 어딜 가든 연락이 닿아야 했다. 만약 비상 연락을 받지 못하면 징계가 떨어지는 것. 그렇기 때문에 단잠을 위해 전화기를 꺼놓는 것도 금지되어 있었다.

"여보세요."

전화를 받았다. 저편에서 무거운 목소리가 밀려 나왔다.

─날세.

백 과장이었다.

─지금 좀 나와줘야겠네. 나도 출발할 걸세.

"부검입니까?"

―그렇네. 강력사건이야.

"혹시 미궁 살인?"

―그건 아니고… 시신 훼손 쪽이네.

"알겠습니다."

그길로 일어나 대충 세수를 했다. 오늘 당직 대기는 창하. 그렇기에 호출이 된 것이다. 아침은 우유 한 잔으로 때웠다.

부릉.

피곤한 몸과는 달리 새 차의 시동은 부드러웠다. 그걸 위로 삼아 젖은 길을 달려 국과수로 달려갔다. 정문을 통과하자 경찰 차량이 보였다. 감식 차량에 더불어 기동대 차량까지 보이는 것으로 보아 굉장한 사건이 터진 모양이었다.

"이 선생님."

당직을 서던 행정 직원이 손을 흔들었다. 그를 따라 과장실로 들어섰다. 안에는 ㅍ시의 강력 팀장과 감식반원 두 명이 자리를 하고 있었다.

"아, 이 선생."

백 과장이 빈자리를 가리켰다.

"이창하 선생이라고 다들 아시죠?"

과장이 경찰들을 바라보았다.

"그럼요. 미궁 살인마 단서를 찾아내신 분 아닙니까?"

팀장이 대표로 말했다. 밤을 새운 것인지 그의 얼굴에는 피로가 덕지덕지 묻어 있었다.

"마침 오늘 당직 대기 검시관입니다. 사건 개요를 말해보시죠."

백 과장이 팀장을 향해 말했다.

"이게… 저도 강력 팀 형사 생활 15년 만에 처음 보는 난해한 사건인데……."

수첩을 꺼내 든 팀장이 개요를 풀어놓기 시작했다.

"토막 살인 아시죠?"

그가 창하를 바라보았다.

"예……."

"이 사건도 그렇게 판단이 드는데… 문제는 시신을 찾을 수가 없다는 겁니다."

"……."

"일단 사건은 ㅍ시에 있는 해안가 산장 펜션에서 일어났습니다. 피살자, 아, 편의상 실종자로 하죠. 그 사람 형 제보로 수사를 시작했는데 실종자와 같이 있던 여자는 범행 일체를 부인하고 있습니다."

"현장감식은요? 나온 게 없나요?"

"욕실 천장에서 약간의 혈흔 반응이 나왔습니다만 나머지는 깨끗합니다. 그 피는 피살자가 자신을 강제로 성폭행하려다 실패하면서 코피를 흘렸고 그걸 닦은 수건을 신경질적으로 던지다 묻은 거라고 하더군요."

"성폭행이라고요? 펜션에 둘이 갈 사이면 좋아하는 사이 아닌가요?"

"여자 말에 의하면 이혼 정리 하러 떠난 거라고 합니다. 두 사람이 이혼 준비 중이더군요. 감자탕 끓일 거리를 사 왔는데 감자를 자를 때 뒤에서 덮치길래 실랑이를 벌이다 자기 머리로 실종자 이마를 박았다더군요. 코피는 그때 터졌다고 합니다."

"……"

"잠시 목욕탕 안으로 들어가 핏대를 올리고 나온 남자가 다시 성관계를 시도하면서 실랑이, 그때 여자는 남자가 휘두른 칼에 찔렸다면서 방어흔까지……"

사진이 나왔다. 여자 손등과 팔목의 상처였다.

"이후 남자가 먼저 펜션을 나갔고 두 시간쯤 후에 미안하다, 나란 인간이 이런 식이니 볼 면목이 없다. 어디 가서 죽어야겠다, 라는 문자를 보내왔다고 합니다."

이번에는 문자 캡처가 나왔다.

"추적해 보니 펜션에서 20분가량 떨어진 곳인데 이건 그냥 참고 사항입니다. 기지국은 1㎞ 이상의 반경을 커버하는 데다 근접한 기지국 전파와 충돌하면 위치 인식에 문제가 있을 수도 있거든요."

"그 말은 집 근처에서 보낸 문자일 수도 있다는 거군요?"

"그렇습니다."

"차량은 어떻습니까?"

"차는 여자 차입니다. 서울에서 만나 함께 내려왔다더군요. 운전은 교대로 했고… 하지만 차량에도 별다른 단서가……."

"목욕실 천장에 혈흔만 있고 시신이 없다?"

"예."

"그냥 사라졌을 가능성은요?"

"그 사람이 형하고 각별해 문자를 자주 한답니다. 펜션에 간 것도 여자가 원한 거지 남자가 원한 게 아니라고 합니다. 그건 형에게 보낸 문자로도 확인이 되었습니다."

다시 문자가 나왔다.

[ㅍ시 펜션에 다녀올게. 이혼해 달라는 여자가 무슨 바람이 불었는지 여행을 가자네? 다시 잘해보자는 걸까? 가서 싹싹 빌면 난감한데?]

문자가 반짝인다. 실종된 남자는 이 여행에 작은 기대를 걸고 있는 것 같았다.

"그런데……."

설명하던 팀장의 얼굴이 조금 더 무거워졌다. 여자에게서 나온 조사 결과 때문이었다.

"이 여자가 이런 전과가 있더군요. 4년 전 초혼 때도 같은 펜션에서 남편이 실종되었습니다. 당시에도 이혼하자는 자기 주장에 격분한 남편이 자신을 강제로 범하려다 반항하니 허벅지와 팔에 상처를 입히고 집을 나갔다고 하더군요. 그 후 3년이 지나자 법적 정리를 하고 현 남편과 재혼⋯⋯."

"⋯⋯."

"그때 남편이 가출한 경위도 지금과 유사합니다. 저희 판단에는 그 남편도 이 여자에게 살해되었을 가능성이 높습니다만 심증뿐입니다."

"그때도 시신은 나오지 않았고요?"

"나온 건 반나절이 지나 들어온 문자뿐입니다. 면목 없다. 좋은 남자 만나서 잘 살아라."

"의심이 가기는 하는군요. CCTV는 어떤가요?"

"있기는 한데 모형이더군요. 주인 말이 펜션 15년 했어도 잡도둑 한 번 없었다고⋯⋯."

"여자가 그걸 알고 간 걸까요?"

"지능적인 것으로 보아 가능성이 높습니다."

"으음⋯⋯."

"저희가 무려 4개 중대를 풀고 인근 군부대의 협조까지 받아 앞쪽 계곡과 산맥, 앞바다를 뒤졌지만 나온 게 없습니다. 이날 밤 폭우가 내려 계곡물이 엄청나게 불어났던 탓도 있고요."

"제가 도와드릴 일은요?"

"바다와 계곡에서 뼛조각 몇 개를 수습해 오기는 했습니다.

우선 그것부터 확인해 주시면……."

"그렇게 하죠."

부검실로 향했다. 부검대 앞에는 광배가 있었다. 원빈은 조금 늦는 모양이었다. 뼈는 여러 가지였다. 대퇴골로 보이는 것도 있고 늑골로 보이는 것도 있었다.

"시작할까요?"

광배에게 사인을 주었다. 라텍스 장갑을 낀 손으로 꼼꼼하게 살펴본다. 하지만 오래지 않아 뼈를 내려놓았다.

"일부는 돼지 뼈이고 나머지는 소뼈입니다."

"……!"

팀장과 형사들 눈빛이 가라앉는 게 보였다. 어렵게 찾아낸 유골 조각들. 피살자의 것이어야 수사에 속도가 붙을 일인데 이렇게 되면 다시 원점으로 돌아가야 하는 것이다.

백 과장이 재확인에 나섰다. 그러나 그 역시 고개를 저었다. 형태가 분명한 뼈가 동물의 것인지 사람의 것인지는 척 보면 알 수 있다. 문제가 되는 것은 크기가 미미할 경우뿐이었다.

"경찰 판단으로는 살인이 분명합니까?"

창하가 팀장을 바라보았다.

"여자의 정황상 그렇습니다. 펜션으로 가기 전에 무소음 전동톱을 준비했고, 교살용 끈에 칼, 과탄산소다와 락스까지 한 박스나 구매를 했더군요."

과탄산소다.

창하 미간이 꿈틀 반응을 했다.

"그걸 왜 샀다죠?"

"여자 말로는 자기가 생리혈을 흘리는 경우가 많은데 그때 쓰면 잘 지워져서 생각난 김에 샀다고……."

팀장이 대답했다. 이론의 여지가 없는 대답이다. 과탄산소다는 피를 지우는 데 많이 쓰인다. 아스피린 가루와 과산화수소도 좋지만 과탄산소다의 가성비야말로 갑으로 꼽히는 것이니 의심은 가지만 현장을 보지 못한 이상 반박할 수 없었다.

"무소음 전동톱은요?"

"전에 인테리어업을 했었는데 집 안에 편백나무 시공을 할 거라나요? 일주일 전에 샀는데 깜박 잊고 차에 싣고 다녔을 뿐이라고 합니다. 다른 것들 역시 전에 가본 경험에 의해 화장실 냄새가 좋지 않아서 샀다고… 칼 역시 거기 비치된 게 잘 안 들어서 그렇다는 거고요."

허얼!

이 또한 완벽하다. 편백나무 시공은 유행의 하나다. 집 안 냄새가 좋아지고 아토피 같은 것에도 도움이 된다고 한다. 시공용 제품을 따로 파니 전동톱만 있다면 일반인도 해볼 만한 일이었다.

"락스는요? 그건 무엇 때문에 한 박스나?"

"박스로 사면 싸서 샀다네요."

기가 막히다.

일반인이라면 펜션과 상관없는 품목들. 그러나 매 항목마다 이유가 적절하니 법정에서도 문제 삼지 못할 것 같았다.

"전동톱 검사는 했나요?"

"루미놀 뿌려봤는데 혈흔 반응이 나오지 않았답니다. 사체가 없으니 증거물로 압수는 하지 못했습니다."

"……."

창하, 등골에 식은땀이 흘러내렸다. 만약 이 여자가 범인이라면 완전범죄를 노린 게 분명하다. 그게 아니라면 우연과 우연이 겹치는 장면이었다.

"다른 건요?"

"졸피뎀이 있습니다."

"졸피뎀?"

창하가 고개를 들었다. 제주도 사건 때문이었다. 그때 피살자는 졸피뎀에 당했었다. 물론 팀장도 그 사건을 알고 있었다.

"졸피뎀은 남자 쪽에서 지니고 있었습니다. 5일 치 처방을 받았는데 펜션에서 자게 되니까 가져온 모양입니다. 문제는 여자도 2개월 전에 그걸 처방받았다는 건데… 남자 것은 남자와 함께 사라졌고 그녀 자신도 다 복용했다고 하니……."

"펜션이면 범행 소리나 다투는 소리 같은 게 들리지 않았을까요? 방어흔 주장할 정도면 소리가 났을 텐데… 주인이 거기

거주하지 않나요?"

"거주합니다. 82세 할머니인데 가는귀가 먹은 데다 잠이 많아서 해만 지면 잔다고 합니다. 그래서 별 소리 듣지 못했다고… 이들이 묵은 이틀 통안 다른 투숙객은 없었습니다."

"천장 혈흔 분석은요?"

"워낙 미량이라 독성 검사를 하지 못했습니다."

졸피뎀 유무를 확인하지 못했습니다.

팀장의 말은 그것이었다.

"정황으로 봐서는 살인인데 천장 혈흔 외에는 흔적이 없습니다. 피살자의 종적도 보이지 않으니 죽은 건 확실한 거 같은데……"

"아까 그 방어흔이라는 사진 좀 다시 보여주시죠."

"아, 예……".

팀장이 사진을 꺼내놓았다. 창하의 두 눈이 번득이기 시작한다.

"방어흔은 맞습니까? 우리 감식반 얘기로는 그런 것 같다고 하던데……"

"잠깐만요."

창하가 팀장을 제지했다. 확대경까지 대보면서 상처를 살폈다. 칼로 길게 베인 상처. 그림만으로는 전형적인 방어흔의 일종이었다. 하지만 창하의 대답은 반대로 나왔다.

"자해흔입니다."

"예?"

팀장이 고개를 들었다.

"잠깐만요."

창하가 노트북을 두드렸다. 그러자 화면에 그림이 떠올랐다. 폭행으로 숨진 다양한 사례들이었다. 그중 한 화면을 고정시키니 여자의 상처와 거의 같은 그림이 나왔다.

도닥도닥!

그대로 검색을 진행하는 창하. 그러자 이번에는 여자의 방어흔이 비교 구도로 떠올랐다.

"어떤가요? 거의 같죠?"

창하가 팀장을 바라본다. 팀장은 마른침을 넘겼다.

"상처의 양상은 같습니다. 하지만 깊이를 볼까요? 실제 방어흔에서는 불규칙한 지점이 보이지만 이 상처는 거의 균등합니다. 자기 스스로 찔렀기 때문이죠."

"그럼?"

"제 생각이지만 그 여자, 이런 자료를 검색해 본 것 같습니다. 아니면 도서관 같은 데서 부검 책을 뒤졌든지."

"겉보기에는 그냥 시골 아줌마처럼 순박해 보이던데……."

팀장 입에서 저절로 한숨이 샌다.

"다른 무엇도 나온 게 없단 말이군요?"

"주인 할머니 말로는 트렁크 같은 것도 없었다고……."

"그분은 잠이 많아 잠들었다면서요? 그렇다면 밤에 일어난 일을 모르지 않습니까?"

"그러니 귀신이 곡할 노릇이라는 거죠. 여자가 남자를 죽였다면 그 밤에 유기를 했다는 건데 주변을 다 뒤져도 매장이나 흔적이 나오지 않습니다."

"폭우의 밤에 귀먹고 잠 많은 펜션 주인……."

"오죽하면 시신을 갈아서 변기에 버렸나 하고 정화조까지 뒤져봤지 않습니까?"

"혹시 말입니다. 그 여자 전남편이 실종되던 날… 그때도 폭우가 내렸을까요?"

"그건……."

"제가 체크해 보죠."

옆에 있던 형사가 핸드폰을 뽑아 들었다.

"비가 왔다는데요? 그것도 많이……."

통화를 끝낸 형사가 창하를 바라보았다.

"뭐 짚이는 게 있습니까?"

팀장의 시선 역시 창하를 향했다.

"펜션 앞에 계곡이 있다고 했죠?"

"예."

"사건 당일 낮부터 비가 많이 왔고요?"

"예."

"그럼 계곡물이 엄청나게 불었겠군요?"

"그렇죠. 계곡이라는 게……."

"남자의 생존반응은 언제까지 있었죠?"

"밤 8시 21분입니다. 그때 형님과 마지막 문자를 했어요."

"어떤 문자였나요?"

"술 한잔하고 있는데 괜히 온 거 같다고……."

"계곡물이 신경 쓰였겠군요?"

"여자 말대로라면 기분이 상해서 나간 남자가 실족해 계곡물에 휩쓸려 사망했을 가능성도 있기는 합니다. 그게 아니라 여자가 토막을 낸 경우라도 노도 같은 계곡물에 던졌을 수도 있고요."

"계곡물이라… 여기 목욕실의 이 대야 말입니다."

창하가 사진을 가리키며 말을 이었다.

"검사해 보셨습니까?"

"당연히… 하지만 혈흔은 없었습니다."

"혈흔 말고… 락스나 과탄산소다 말입니다."

"그건……."

"무소음 전동톱 말입니다. 만약 시신 해체에 사용했다면 그 뒤에 락스 물에 담글 수 있습니다. 소형이니 과탄산소다 물에 담가도 되겠군요. 밤새 담가놓으면 혈흔이 나올 리 없습니다. 아마 지금은 작동 안 될 테고……."

"작동은 되지 않더군요."

팀장 고개가 떨어졌다.

"그렇게 갈아낸 다음에 계곡물이나 바다에 던져 버리면……."

"맙소사, 그렇게까지?"

"일단 여자는 모르쇠라는 거죠? 남자가 자기를 성추행하려다 반항하자 펜션을 나갔다는 거고?"

"예."

"여자는 남자 기다리다 집으로 갔고요."

"……."

"폭우가 내렸으니 족적도 남지 않았을 테고요?"

"……."

"시신이 문제로군요. 여자가 정말 전동톱을 썼다면……."

창하의 시선이 현장 사진에 꽂혔다. 목욕탕이었다. 그 바닥의 타일들… 벽 쪽의 것들은 오래되어 터져 나간 부분이 보이고 바닥 역시 타일 사이의 줄눈들이 파인 곳이 많았다.

"혈흔이 천장 방향이면, 그리고 이게 정말 살인이라면 목욕탕에 눕혀놓은 채 시신을 절단했다는 건데……."

"과장님."

골똘하던 창하가 백 과장을 돌아보며 말을 이었다.

"제가 현장에 좀 다녀와도 되겠습니까?"

창하가 물었다. 출장이다. 사건 현장을 보는 것도 부검의 중요한 과정이었다. 그렇기에 검시관의 출장은 보장되어 있다. 하지만 실제로는 잘 나가지 못한다. 매 사건마다 현장 출장을 나간다면 밀려드는 부검을 소화할 방법이 없는 것이다.

이 말은 곧 오전의 부검 배정을 빼달라는 것. 사안의 심각성을 아는 백 과장, 창하의 요청을 바로 승낙했다.

"다녀오게."

*   *   *

ㅍ시는 바다에 인접해 있다. 경찰차로 이동하지만 가는 데
만 한 시간 반이 더 걸렸다. 현장에서 한 시간만 머문다고 해
도 왕복 한나절이다. 조금 상세히 조사하자면 거의 하루. 이러
니 하루 2—3건씩 부검 배정을 받은 검시관들이 현장에 나갈
수가 없는 것이다.

"여깁니다."

4부 능선까지 올라오고서야 차가 멈췄다. 팀장이 펜션을 가
리킨다. 좋게 보면 고풍스럽고 나쁘게 보면 낡았다. 계곡부터
확인했다. 골이 제법 깊었다. 비가 와서 물이 불어나게 된다면
그야말로 폭포가 될 수도 있는 지형이었다.

그 자리에서 고개를 돌리니 저 아래로 바다가 보인다. 경찰
은 이 계곡에서 바다까지 훑었다. 주변 산세도 모두 훑었다.

그런데… 사실 수색은 동원한 인원에 비해 효과가 미미한
경우가 많았다. 실종된 사람을 찾을 때도 마찬가지다. 수천
명보다 수색견 한 마리가 나을 때가 많다. 그건 수색에 나선
사람들이 전문적이지 못하기 때문이다.

"찾아봐."

몇 마디 명령 후에 그냥 풀어놓는다.

뭘?

뭐든 찾아내, 새꺄!

헐?

수색에 동원된 사람들은 그야말로 죽을 맛이다.

"또 왔어?"

주인 할머니가 나왔다. 손에는 김치가 한 바가지 들려 있다. 어쩐지 귀찮다는 눈치였다.

"이게 CCTV입니다."

팀장이 모형 CCTV를 가리켰다. 모형 CCTV는 창하도 경험이 있었다. 대학교 때 일이었다. 옥탑에서 자취하는 여학생집에 소소한 분실 사건이 잦았다. 때로는 신발이 없어지고 또 때로는 빨아놓은 옷가지가 사라졌다. 창하에게 하소연을 하기에 모형 CCTV를 달아주었다. 좀도둑은 그 후로 얼씬거리지 않았다.

그러나 이런 경우는 좀도둑이 아니다. 미궁 살인마라면 할말이 없지만 CCTV만 있어도 사건 파악이 쉬웠을 일. 아쉬움을 달래며 사건이 일어난 방으로 들어섰다.

2층이다. 펜션에서도 구석이다. 전망도 꽝이지만 대신 밖으로 나가는 철제 난간이 있었다. 범행을 위해서는 더없는 조건이었다. 이런 조건에 비 오는 밤이었다면, 웬만한 소리가 났다고 해도 아래층의 귀먹은 주인이 듣지 못했을 것 같았다.

게다가 이 사건, 제주도의 악몽처럼 경찰이 초동 실수를 했다. 실종자의 형이 신고를 해왔지만 여자 말을 듣고 수사를 하지 않은 것.

성 문제에 관한 한 여자 진술이 진리.

사회는 그런 분위기로 흘러가고 있었다. 더구나 여자에게는 실종자가 보낸 문자가 있었다.

어디 며칠 처박혀 있다가 나타나겠지.

경찰의 판단은 이때도 안일했다.

수사는 6일이 지난 후에야 착수되었다. 실종자의 형이 기자로 일하는 친구를 데리고 경찰서를 찾은 까닭이었다. 기자가 귀찮아 수사에 착수한 경찰. 제대로 뒷북을 두드린 것이다.

6일!

하필이면 연휴가 있었다. 사건이 일어난 방에 두 팀이 묵고 갔다. 첫 번째로 온 팀이 방 냄새가 안 좋다고 불평하자 이불과 침대보 교체에 대청소까지 실시되었다. 증거가 조금 남았었다고 해도 지워졌을 일이었다.

"아유, 우리 집에서 무슨 사람이 죽었다고……."

주인은 툴툴거리며 복도로 나갔다.

창하가 그 방 안에 섰다. 여자는 166㎝에 50㎏, 남자는 180㎝에 92㎏. 여자도 작은 편은 아니지만 남자가 압도적이다. 남자가 작심하고 덮쳤다면, 더구나 여자 말처럼 칼까지 들고 있었다면 여자가 이길 수 없는 상대였다.

문제는 졸피뎀이다. 이 약은 흰색으로 무향이다. 그러나 결정적으로 쓴맛이 있다. 제주도의 경우에는 카레로 쓴 냄새를 감췄다. 그렇다면… 여기서는 뭘로 감췄을까? 남자의 약에 졸피뎀이 들었다지만 1회 분량으로는 이렇게 흔적도 없이 사라질 수가 없었다.

"사장님."

창하가 주인을 불러 세웠다.

"왜요?"

돌아보는 눈빛이 까칠하다.

"그 사람들 말입니다. 혹시 식사는 뭐 해 먹었는지 기억나는 거 없나요?"

"없어요. 손님들이 방에 들어가면 그만이지 내가 어떻게 알아요?"

"그래도 왜 펜션 같은 곳에는 밑반찬 같은 거 주시기도 하잖아요?"

"전에는 줬는데 이젠 안 줘요. 늙어서 만들기도 귀찮고 줘도 안 먹고 버리는 게 많아서."

"그럼 뭐 도구 같은 거 빌려 간 건?"

"도구? 믹서기?"

"믹서기?"

"자기 남편이 인삼을 좋아하는데 갈아준다던가? 하여간 그
래서 빌려줬어요."

"……!"

주인의 답에 창하 머리가 밝아졌다.

"그거 좀 볼 수 있을까요?"

"그러슈."

주인이 앞서 걸었다. 주방으로 들어가더니 싱크대 문을 연
다.

"이거예요."

할머니가 믹서기를 꺼냈다. 오래된 믹서기지만 광이 날 정
도였다.

"이게 그때 쓴 믹서기 맞나요?"

"예, 여자가 어찌나 깔끔한지 좀 더러운 걸 줬는데 이렇게
반짝반짝 닦아 왔더라고요."

"……."

창하가 믹서기를 받아 들었다.

[카레+졸피뎀]

[인삼+졸피뎀]

졸피뎀의 쓴맛을 감추는 데는 인삼도 카레에 못지않았다.
운 좋게 실체 하나에 다가섰다. 졸피뎀 여러 분량을 인삼과

함께 갈아내면 졸피뎀의 쓴맛을 감추기에 그만이었다.

"쩝!"

팀장이 목뒤를 긁었다. 방 안 수색은 집중했지만 빌린 물건까지는 체크하지 못했던 것이다.

"······!"

믹서기를 살피던 창하 시선이 몸체에서 굳었다. 플라스틱 몸통에 난 홈, 즉 실금들이었다. 금이 가면 용액이 배어든다. 미친 듯이 닦았다지만 틈새에 유의미한 성분이 남았을 수도 있었다.

"이것 좀 국과수로 지급으로 보내주시겠어요? 졸피뎀 성분이 있는지 없는지."

창하가 요청하자 팀장의 지시가 떨어졌다. 형사의 차가 부리나케 내려가는 걸 보고 다시 펜션 방으로 돌아왔다.

남자가 졸피뎀을 과량으로 먹고 저항 능력을 상실했다면······.

그 위치는 침대거나 소파였을 것으로 보였다. 잠에 취해 늘어지려면 그곳이 적합하다. 그러나 여자는 그때 공격하지 않았다. 침대나 소파에서 공격하면 피가 튄다. 철두철미하게 준비해 왔다고 해도 침대와 소파까지는 어쩔 수 없었다.

'그렇다면······.'

창하의 시선이 목욕탕으로 향했다. 욕실은 제법 넓었다. 욕조와 세면대밖에 없어 단출하기까지 한 풍경. 거기서 눈에 띈

게 구석에 선 대걸레였다.

늘어진 남자를 끌고 욕실로 들어온다.

어디를 찌를까?

초보자라면 심장이나 배를 찌를지도 모른다. 그러나 심장은 흉곽이라는 보호망이 있어 단숨에 적중시키기 어렵다. 배는 더 난이도가 높다.

결국 여자의 선택은 목이 되었을 것이다. 경동맥은 모든 생명체의 아킬레스건이다.

혈흔이 나온 천장을 바라본다. 사진을 보며 혈흔의 형태를 분석한다. 자연스러운 혈흔이 아니라 닦이다 만 흔적이다. 구석의 대걸레를 다시 돌아본다. 오래 사용한 것이다. 그런 것치고는 굉장히 깨끗한 편에 속했다.

"주인 좀 한 번 더 불러주세요."

창하가 팀장을 돌아보았다.

"아, 이거……."

주인의 기억이 그날로 돌아갔다. 그 여자가 나가고 난 후였다. 대걸레 역시 믹서기처럼 새것으로 변해 있었다. 워낙 깔끔한 여자라 대걸레까지 빨아 썼나 싶었다고 한다. 그러나 그냥 빤 게 아니었다. 락스를 넣고 푹푹 삶은 것이다. 이유는 말할 필요도 없었다.

'무소음 전동톱…….'

재원은 이미 파악해 두었다.

'시신 훼손을 시작한다면……'

천장의 혈흔을 기준으로 바닥에 누웠다.

"선생님."

"잠깐만요."

창하가 팀장을 진정시켰다.

—나는 부검의.

—죽은 자를 살린다.

—실종자가 여기서 죽었다면 최소한, 그 흔적은 찾아야 하는 것이다.

어떤 자세여야 혈흔이 저 천장에 닿을까? 동맥과 정맥이 뿜어져 나가는 각도를 잡았다.

바닥에 누운 채 상상 훼손을 당한다. 남자는 아직 죽지 않았다. 졸피뎀 덕분에 의식이 바닥에 있고, 치명타를 당했다지만 심장이 멈춘 것은 아니기 때문.

목…….

창하가 자신의 목둘레를 쓰다듬었다.

우우웅!

전동톱이 그 위로 지나간 것이다.

촤아악!

피가 마구 튄다.

이어 부분 해체에 돌입한다. 남자가 무거우므로 위치를 바꾸지는 않는다. 그럴 필요도 없다. 부위에 따라 여자가 위치를 바꾼다. 피가 쏟아지니 물을 틀었을 것이다. 물은 하수처리 없이 그대로 계곡으로 나간다.

지잉지잉!

빗소리를 따라 잔해가 튄다. 무소음이라 해도 파편의 잔해만은 어쩔 수 없다.

'각도…….'

천장의 혈흔을 기준으로 비산혈흔을 그려간다. 선상분출이다. 동맥이 파열되었으니 선상으로 뿜어져 나간 것. 전동톱에 묻어 나온 휘두름 이탈혈흔은 다음 차례였다. 비산혈흔으로 전동톱의 각도를 잡는다. 그 상태에서 휘두름 이탈혈흔의 예상 좌표를 그렸다.

오랜 생각 끝에 창하가 일어섰다. 걸음이 멈춘 곳은 변기였다. 벽에 붙은 변기 수조의 틈을 체크한다. 다행히 실리콘으로 봉하지 않았다. 벽에 바짝 붙었지만 '틈'이 있는 것이다.

"팀장님."

"예?"

"변기 수조 좀 들어내 주세요. 저기 세면대도 분리하시고요."

"예?"

"전동톱이 있다고 했잖습니까? 이 각도에서 작업했다면 살점이나 뼛조각이 변기 쪽으로 튀었을 수 있습니다. 보이는 곳은 완벽하게 닦았다죠. 심지어는 천장까지 닦은 것 같으니 아마도 대걸레에 과탄산소다를 적셔 꼼꼼히 밀어댄 다음에 호스로 물을 뿌렸을 것 같습니다. 하지만 변기 수조 뒤의 틈에 남은 게 있을 수 있습니다. 마찬가지로 세면대도……."

"그렇군요."

팀장은 문부터 닫았다. 그런 다음 형사와 함께 변기의 수조를 떼어냈다. 수조 뒤쪽 벽이 하얗게 드러났다. 거기 루미놀을 뿌리니 희미한 반응이 나왔다.

"혈흔 반응이 있습니다."

형사가 소리쳤다.

득템이다.

그러나 창하의 시선은 수조의 뒷면에 있었다. 거기 뭔가가 달라붙어 있었다. 증거 채집용 비닐에 잘 긁어 담았다. 이물질은 모두 셋이었는데 두 개의 살점에 더불어 뼛조각 잔해로 보였다.

"살점입니까?"

팀장이 물었다.

"살점에… 뼛조각 같습니다. 어느 부위인가가 중요하겠지만 잘하면 결정적인 증거가 될 것도 같네요."

시신의 극한 일부 발견.

"오오옷!"

팀장이 고무되었다.

"여기도 혈흔 반응이 있습니다."

세면대를 들어낸 형사가 틈을 보며 소리쳤다. 그 벽에서도 루미놀이 반짝거린 것이다. 그사이에 또 하나의 낭보가 날아왔다. 국과수의 전언이었다.

"믹서기에서 인삼 성분과 함께 졸피뎀이 검출되었습니다. Snox 쪽입니다."

Snox. 졸피뎀 제품의 하나였다. 졸피뎀은 회사마다 다른 이름으로 생산하고 있었다. 팀장의 확인 결과 여자가 처방받았던 졸피뎀들이었다.

완전범죄의 틈은 이렇게 시작되었다.

"나이쓰!"

강력 팀은 후끈 달아오르지만 창하는 오히려 더 냉철해졌다.

'여자는 오른손잡이……'

그 자신이 시신 훼손자가 되어 자리를 잡았다. 1차 분리된 시신은 2차 가해가 가해진다. 그런 다음 3차, 4차… 그 위치에서 바닥의 타일을 보았다. 줄눈이 훼손된 곳들은 틈새가 조금 깊었다. 작은 송곳으로 살짝 긁으니 작은 이물들이 나왔다. 그것 역시 채집용 비닐 안으로 들어갔다. 전동톱을 쓰면 접촉면의 뼈가 분쇄된다. 미친 듯이 박박 닦았다지만 줄눈 사이에 박힌 뼛조각이 있을 수 있었다.

두 개의 비닐 봉투⋯⋯.

창하가 숨을 고른다.

이 안에 실종자의 뼛조각이 있을 것인가?

"이 선생."

국과수로 돌아오자 피경철이 뛰어왔다.

"토막 살인 현장에 나갔었다고?"

"죄송합니다. 덕분에 선생님이 제 부검까지 떠안으셨겠군요?"

안 봐도 뻔한 일이었다.

"그게 문제인가? 뭐 좀 나왔나?"

"이거요."

창하가 투명 비닐 봉투를 들어 보였다.

"소득이 있었군?"

"살점 속에 박힌 게 뼈 같은데 어쩌면 결정적인 단서가 될지도 모르겠습니다."

"그렇군. 척추뼈 조각이나 골반뼈, 두개골 같은 거라면 빼박 증거가 될 수 있지."

피경철도 흥분 상태였다.

국과수 검시관들은 두 개의 보람을 최고로 여겼다. 하나는 억울하게 뒤집어쓴 사인을 밝혀내는 것. 또 하나는 완전범죄를 꿈꾸던 범죄자들의 범행을 밝혀내는 것.

척추뼈나 두개골 뼈 같은 게 나오면 범인들은 달아날 구멍이 없다. 그건 희생자가 명백히 죽었다는 표식이 되기 때문이었다.

"법인류학 쪽에 넘길 텐가?"

"제가 일단 먼저 보려고요."

"아, 이 선생이 법인류학에도 일가견이 있지?"

"같이 좀 보시겠습니까?"

"그러세. 나도 다음 부검까지는 좀 여유가 있으니……."

피경철이 창하 옆으로 다가섰다.

비닐에서 이물을 꺼냈다. 현미경을 보며 재확인을 한다. 워낙 작은 것이니 눈보다 현미경이 더 확실할 일이었다. 잔뜩 기대를 하고 있지만 어쩌면, 엉뚱한 이물일 수도 있었다.

'오케이.'

배율을 맞춘 접안렌즈 속에서 창하 눈빛이 밝게 빛났다. 이물은 살점이 분명했다. 조심스레 분리하니 남은 건 뼛조각. 변기 물 저장고 뒤의 것이 둘이고 욕실 바닥에서 채취한 것 또한 둘이었다. 일단 응급 DNA 검사부터 의뢰했다. 사람의 뼈인지 동물의 뼛조각인지부터 확정해야 하는 것이다.

"하아……."

동행한 강력 팀장은 조바심에 어쩔 줄을 몰랐다. 시신을 찾지 못한 경찰. 늑장 초동수사로 증거도 제대로 확보 못 한 상황. 창하의 시도까지 빗나간다면 이 사건은 영구 미제로 겉돌 가능성이 컸던 것이다.

"초조하세요?"

창하가 물었다.

"예, 좀… 위에서 하도 쪼아대니……"

팀장이 머리를 긁을 때 창하 책상의 전화기가 울렸다.

"……?"

팀장과 피경철이 동시에 반응한다. 창하가 수화기를 집어 들었다. 표정이 밝아진다.

"사람 거랍니까?"

팀장이 물었다.

"첫 샘플 분석이 끝났는데 그렇다는군요. 그럼 이제 디테일로 들어가 볼까요?"

창하가 현미경 앞에 앉았다.

*　　　　*　　　　*

사람의 뼈.

206개에 달한다. 그러나 실제로는 200개로 봐도 무방하다. 나머지 여섯 개의 귓속에 들었기 때문이다. 뼈 중에 가장 많은 것은 손, 발가락뼈와 손목, 발목뼈, 그리고 갈비뼈다. 이 세 가지의 합이 38+38+16+14+24개이니 무려 6할에 육박하는 것이다.

뼈 역시 각각의 특징이 있다. 그러나 이렇게 잘게 부스러지면 구분이 어렵다. 그럼에도 창하는 부정적이지 않았다, 운 좋게도 구분이 가능한 부위가 걸릴 수도 있기 때문이었다.

"······!"

이런!

첫 번째 파편은 꽝이었다. 그건 뼈가 아니라 타일 조각이었다. 사뿐히 내려놓고 두 번째 샘플 검사에 나섰다.

'빙고!'

여기서 쾌재가 나왔다. 이건 사람의 뼈였다. 게다가······.

한 번 더 빙고!

귓속의 등자뼈가 나온 것이다. 등자뼈는 청소골에 속하며 반고리관에 인접한다. 크기는 ㎜ 단위로 콩알보다 작다. 이 뼈가 나왔다는 건 빼박 살인의 증거였다. 손가락이나 발가락뼈와는 검출 차원이 다른 것이다.

"선생님."

창하가 현미경 자리를 비켜주었다.

"이거 등자뼈 조각 아닌가?"

피경철도 후끈 달아올랐다.

"그렇죠?"

"해부 샘플 좀 보세."

피경철이 말하는 사이에 창하가 해부도를 띄워놓았다. 사람의 귀가 나오고 귓속의 해부학적 구조가 보인다. 거기 청소골에 속하는 세 개의 작은 뼈. 전동톱 날을 맞고 튀어 나간 그 것은 거의 원형에 가까웠다.

"맙소사, 머리까지. 갈……"

피경철, 다음 말은 굳이 하지 않았다. 팀장 역시 그 말의 의 미를 알고 한 번 더 치를 떨었다. 그러는 사이에 또 하나의 낭 보가 날아왔다. DNA 분석실이었다.

"선생님, 한 사람의 유전자가 더 나왔습니다."

한 사람 더?

"왜죠?"

이야기를 들은 팀장이 고개를 들었다.

"4년 전 사건 있잖습니까? 혹시……?"

창하의 촉이 벼락처럼 일어섰다.

"어억, 그럼 4년 전에도?"

"그 사람 유전자 확보되었죠?"

"그렇다고 들었습니다."

"그럼 같이 비교해야겠네요."

"우워어, 이거 사건이……"

"이 여자가 전남편도 이 펜션에서 살해했나 봅니다."

"우워어……"

전남편의 DNA가 나온 이물은 비골 조각이었다. 코에서 나 오는 뼈로 상반부 쪽으로 확인이 되었다. 이 또한 살인의 빼 박 증거에 다름 아니다. 사람이 죽지 않고서야 어떻게 비골을 변기 수조 뒤에다 흘리고 다닌단 말인가?

오래지 않아 DNA 결과가 이어졌다. 대조 샘플이 많지 않으니 시간도 많이 걸리지 않았다.

"두 DNA가 실종된 남자들의 것과 일치합니다."

"……!"

팀장의 말문이 제대로 막혔다. 그 충격으로 한동안 말문이 열리지 않았다.

"아이고, 고맙습니다. 덕분에 잘하면 영구 미제 사건까지 해결하게 되나 봅니다."

팀장은 허리가 부러져라 인사를 하고 차를 향해 달렸다.

"야, 당장 튀어가서 펜션 사건 노송은, 이 여자 긴급체포해. 어디로 튀기 전에 빨리. 그리고 2팀과 3팀 전부 동원해서 펜션 반대편 도로에 있는 뼈다귀해장국집과 낚시터 바닥 수색해."

통화를 마친 팀장은 경광등을 차머리에 올리고 가속페달을 밟았다.

띠뽀띠뽀!

"세상에, 저걸 어디서 찾았나? 뉴스 보니까 욕실 천장의 혈흔 말고는 나오는 게 없다고 하던데?"

피경철은 감탄만 나왔다.

"혈흔이 열쇠가 되었습니다."

"그래?"

"현장에서 혈흔을 보니까 실종자가 어떻게 훼손되었는지 그림이 나오더군요. 혈흔의 8원리에 따라 사건을 구성해 보니 변기와 세면대가 걸렸습니다. 전동톱을 사용했으니 살점이 튀었을 것 아닙니까? 게다가 증거를 없애려고 타일을 박박 문질렀을 테니 파인 타일 줄눈 사이로 뼛조각이 낄 수도 있다고 판단했죠."

"허헛, 자네가 있는 한 완전범죄 같은 건 꿈도 꿀 수 없겠군."

"당연한 이치죠. 사람을 둘이나 죽였는데 아무런 흔적도 안 남을 수 있겠습니까?"

"그나저나 훼손한 시신은 어떻게 처리했을까? 미친 듯이 불어난 계곡물에 던져 버린 걸까? 잘게 토막 냈다면 그걸 찾는다는 건 불가능하지. 게다가 하구는 바닷물이 아닌가?"

"그 가능성이 가장 크긴 한데… 상상을 뛰어넘는 여자라 이런 방법은 어떨까 싶어서 강력 팀장님에게 색다른 의견을 주었습니다."

"어떤?"

"이 여자가 퇴실한 시간이 2박 후의 새벽 5시 반입니다. 주인이 나왔을 때는 이미 짐을 다 실은 후라고 하더군요. 할머니는 가방을 못 봤다지만 그건 당연하겠죠. 할머니 몰래 실었을 테니까요."

"5시 반?"

"남편을 물으니 일이 바빠서 먼저 갔다고 하고 차는 떠났습니다."

"······."

"이 여자의 집이 서울이니 오는 동선을 짚어봅니다. 훼손한 시신을 유기할 곳은 바닷가뿐인데 그렇게 되면 발각될 가능성이 높습니다. 물론 그럴 만한 지역을 경찰이 수색하기도 했지만요."

"동물의 잡뼈만 나왔다지."

"그런데 동선을 어이없는 방향으로 돌아가면······."

창하의 손이 반대편하고도 다음 길을 짚었다.

"여기는 제법 큰 뼈다귀해장국집이 있더군요. 경찰에게 체크를 부탁했더니 영업이 끝나면 뼈를 모아 도로가의 음식물 쓰레기 옆에 둔다고 합니다. 그러면 청소차가 이른 아침에 가져가서 치우고 월말에 수고비로 얼마씩······."

"그럼?"

"경찰이 체크를 할 겁니다. 그 전날 영업장에서 나온 뼈와 청소차가 가져간 뼈의 분량······."

"······."

"거기서 한참을 더 가면 낚시터가 나옵니다. 십수 년 하는 큰 곳인데 물을 교체하기 위해 두 달 동안 문을 닫았다고 하더군요. 물론 물고기들은 안에 있고요."

"이 선생······."

"뼈는 토막 내고 삶아서 뼈다귀해장국집 뼈 쓰레기 옆에 놓고, 살점은 갈아서 낚시터에 던졌다면……."

"……."

"최악이죠?"

"이건 뭐 미궁 살인마보다 더한 살귀로군?"

"그러게요. 둘 다 죽인 게 확실한데 대체 왜 그랬을까요? 이렇게까지 갈아 죽일 정도의 살인 동기가 뭔지 궁금하네요."

"살인에서 목적이 사라진 지 오래지 않나? 과거의 살인은 인과관계가 있었는데 요즘은 무작위 살인이 늘고 있지. 이건 차라리 전생의 원수였는지를 알아봐야 할 정도가 되었으니……."

피경철의 목소리가 착잡해졌다. 국과수에 몸담은 지 어언 20년 하고도 몇 년. 그가 검시관이 된 초기에는 대다수의 살인에 이유가 있었다. 그러나 최근 들어 그 법칙이 허무하게 무너진다. 사이코패스의 출현이 계기였다. 주변인과 단절된 삶이 가능해진 현대. 사회가 변함으로 범죄의 형태도 덩달아 변한 것이다.

여자는 긴급체포가 되었다. 용의자 단계에서 이미 쟁쟁한 변호사를 선임해 두었던 여자, 여전히 오리발로 나왔다. 그 기세가 꺾인 게 창하가 찾아낸 초소형 유골들이었다.

"죽이긴 했어요."

마침내 자백이 나왔다. 그러나 그뿐이었다. 여자는 다음 발언을 하지 않았다. 시신의 처리와 유기에 대해 물으면 바로 거품을 물으며 기절해 버렸다. 변호사가 나서서 심문을 중지시켰다.

그 사이에 주변 CCTV 조사가 가속되었다. 결국 그녀의 차 행적을 찾았다. 창하가 말한 그 동선이었다. 뼈다귀해장국집의 도로변 쓰레기에 뭔가를 놓는 장면이 포착된 것. 그 시간에 지나간 차량의 블랙박스 덕분이었다.

"그냥 잡동사니였어요. 지나가다 생각이 나서요."

여자의 발언은 여전히 완벽했다. 그래 봤자 쓰레기 불법투기. 벌금 몇 푼 내면 그만일 일이었다. 쓰레기 소각장을 낱낱이 뒤졌다. 그러나 경찰은 두 발 늦었다. 그때 들어온 쓰레기들은 이미 하얀 재가 된 후였다. 그래도 몰라 탄화가 된 쓰레기를 뒤져 뼛조각 몇 개를 찾아냈다.

「분석 불가」

국과수의 결과 통보였다. 고온에서 완벽하게 소사된 뼈에서는 DNA를 찾아낼 수 없었다.

첫 동선 확인에 자신을 가진 경찰, 영업 재개를 준비 중인 유료 낚시터에 수사 역량을 집중시켰다. 그 역시 비슷한 시간대의 차량 블랙박스에서 여자의 차량 통행을 확인했던 것.

저인망!

서장의 승부수가 나왔다. 초동수사 부실로 여론의 집중포화에 몰린 경찰. 결국 서장의 결재가 떨어지면서 낚시터에 저인망 그물을 투입하는 초유의 방식을 쓰게 되었다.

수협의 도움을 받아 노련한 어부들을 수배했다. 그들의 도움으로 저인망 그물을 넣었다. 낚시터를 네 구역으로 나눠 바닥을 훑어버린 것이다.

한 시간…….

두 시간…….

그물에 딸려 나오는 건 많았다. 장화에 폐타이어, 선풍기… 심지어는 데스크톱 컴퓨터와 헬멧까지 다양했다. 뭐든 덩어리가 나오면 경찰들이 달려들었다.

그렇게 세 번째 구역의 저인망 그물이 나왔을 때.

"팀장님."

현장을 지휘하던 형사 둘이 덩어리를 들고 소리쳤다. 진흙 속에 묻혀 부패되어 가던 덩어리. 아무리 봐도 살점 같았다. 이 살점 또한 완전범죄의 틈이었다. 아무도 없는 낚시터에 살점들을 쏟은 것까지는 좋았다. 하지만 덩어리를 이룬 가장 속살이 수중 부패와 물고기들의 입질에도 남아 있었던 것.

"국과수로 가져가."

팀장의 지시가 떨어졌다. 형사는 경광등을 울리며 질풍처럼 달렸다.

"선생님."

제2부검실, 장폐색으로 사망한 시신을 부검 중이던 창하가 고개를 들었다. 검체 의뢰를 하러 갔던 원빈의 목소리가 평소보다 높았다.

"왜요?"

창하가 고개를 들었다.

"방금 그 결과가 나왔대요. 펜션 두 남편 살해범… 저수지에서 찾은 살덩어리 말이에요."

"그래요?"

"이번에 죽은 남편의 살이랍니다."

"와우!"

창하 옆에 있던 광배가 환호성을 질렀다.

"정말입니까?"

"예, 유전자분석실에서 환호하는 걸 들었습니다."

"다행이네요."

"정리됐으면 나가보세요. 관할 경찰서 팀장님이 선생님 기다리고 있어요."

"저를요?"

"인사하려나 보죠. 마무리는 우리가 할 테니까 나가보세요."

광배도 원빈 편이었다. 사인을 찾아낸 창하, 반가운 소식이기에 부검실을 나왔다. 손을 씻고 밖으로 나오니 통화 중이던 팀장이 손을 흔들었다.

"선생님."

"시신 일부 찾았다면서요?"

"예, 그사이에 두 점이 더 나왔습니다. 그것도 지금 여기로 이송 중입니다."

"다행이군요."

"선생님 덕분입니다. 선생님 아니면 저희 열라 깨지고 이 사건은 영구 미제로 남았을 가능성이 컸거든요."

"별말씀을… 조금 늦었지만 경찰이 최선을 다해 뛴 덕분이죠."

"그렇게 말씀해 주시니 부끄럽습니다. 이번 검체는 서장님이 가져오고 계신데 오시면 직접 인사드린다고 합니다."

"바쁘실 텐데 그럴 필요까지야."

"아, 저기 들어오시네요."

팀장이 입구에 들어서는 차를 가리켰다.

시신 없는 살인.

그렇다면 경찰의 수사는 소득이 없을 수 있었다. 검찰에서, 법정에서 뒤집힐 수 있는 것이다. 게다가 희생자가 한 사람이면 범인에게 사형이 선고되지 않는다. 절대적인 것은 아니지만 법원의 판단이 그랬다. 그러나 창하의 활약으로 두 전남편의 유골이 확보된 상황. 거기에 사체의 일부가 발견되었으니 범인이 빠져나갈 길은 없었다.

살인 동기.

그건 팀장이 전해주었다. 시신 일부가 나오자 여자의 전략이 바뀐 것이다. 두 남편은 자신을 성적 노리개로 삼았다고 했다. 그게 악몽처럼 남아 죽이지 않고는 견딜 수 없었다고 했다.

"신이 나에게 시켰어요. 그런 인간들은 존재 자체를 지워 버리라고."

그녀는 자신이 한 달 동안 우울증 치료를 받았다는 병력을 내세워 실드를 쳤다. 나아가 남성 우위의 성적 관계에서 자신을 희생자로 부각시키는 전략도 병행했다. 하지만 경찰의 PCL—R, 즉 사이코패스 검사에서 그녀는 사이코패스를 판정하는 25점을 넘지 않았다.

"덕분에 사형 확신합니다. 선생님 아니었으면 이 여자는 집행유예를 받을 수도 있었거든요."

잔혹한 살인마에게 집행유예.

국민의 법 감정과는 도무지 어울리지 않는 안드로메다 방식이다.

그러나 죽은 자는 말이 없으니 상황을 우발적이고, 정당방위로 꾸며 인정을 받으면 4년에서 6년형. 한 번 더 재판을 받아 감형되면 2년에서 2년 6개월. 그 정도가 되면 집행유예도 가능해지는 것이다.

'사형!'

창하 마음속의 판결이었다.

검시관들.

합법적으로 시신의 해부 자격을 부여받은 사람들이다. 그렇게 죽은 사람들조차 메스를 대고 톱을 대면 마음이 편치 않다. 하물며 산 사람을 그렇게 절단 낸 사람임에랴.

"이 선생."

피경철이 뒤에서 다가왔다.

"큰일 했어."

"별말씀을……."

"간단하게 정종 한잔할까?"

"듣던 중 반가운 말이네요."

"나도 반갑군. 요즘 젊은 사람들에게는 술 산다는 말도 갑질이라고 해서 말이야."

피경철의 미소가 왠지 더 따뜻하게 보이는 순간 창하의 핸드폰이 울렸다. 이장혁 검사였다.

─선생님, 오늘 밤 '내가 몹시 궁금함'이라는 시사 프로그램 좀 봐주세요.

통화는 짧았다.

TV 프로그램.

뭐가 나오길래 요청까지 들어온 걸까?

제9장

—

아드리아드네의 실

피경철과의 술 한잔은 편안한 시간이었다. 창하는 장인정신을 가진 사람을 좋아한다. 그런데 의사야말로 진심으로 장인정신이 필요한 직업이었다. 의사가 그 분야에 전문적이지 않으면 환자가 다친다. 전공과가 나뉘어 있다지만 종합적인 진단이 필요한 게 질병의 치료였다.

피경철은 그런 사람에 속했다. 그는 부검대에 오른 시신 앞에서 늘 경건했고, 그 주검의 원인을 밝히기 위한 과정의 어느 하나도 더하거나 덜하지 않았다. 유족이 있거나 없거나, 시신을 함부로 대하지 않았고 샘플 적출 또한 살아 있는 사람을 대하듯 정성을 다했다.

그 결과는 오히려 참담했다. 국과수 원장은 몰라도 서울 사무소 소장은 되었어야 할 피경철. 빛나는 장인정신은 오히려 융통성 없는 성격으로 왜곡되어 승진도, 해외 연수의 기회도 언제나 막차였다.

"선생님."

정종의 마지막 잔이 남았을 때 창하가 속내를 말해 버렸다.

"저는요, 제가 만약 국과수 인사권을 손에 쥔다면 선생님을 원장으로 모실 겁니다."

"나 같은 사람을 왜?"

피경철이 웃었다.

"선생님 같은 사람이니까요."

"나는 그 자리, 이 선생에게 주고 싶은데?"

"선생님……."

"세상은 말이야. 대세라는 게 있는 거네. 어릴 때부터 그 분야에서 잘나가는 사람들, 그런 사람에게 열광하지. 대기만성이라는 말은 아름답지만 그것도 정도가 있는 거야. 사회의 흐름은 역시 처음부터 잘나가는 사람들이 이끌어야지."

"그럼 현재 선생님의 대우에 만족하십니까?"

"만족하네."

뜻밖에도, 피경철의 대답은 단호했다.

"내가 부검의 아닌가? 어쨌든 의사라는 말이네. 처음에는 승진에서 밀리고 할 때, 속도 좀 아팠지만 이제는 그런 것에서 벗어난 지 오래라네. 생각해 보시게나. 내가 만약 과장이나 소장, 원장이 되었다면 부검에서 멀어졌지 않겠나? 지금 그 양반들이 그렇잖나? 어쩌다 한 번씩 메스를 잡기는 하지만 그건 나도 부검의다, 라는 명분 과시에 불과하지."

"……."

"승진이 좋다지만 행정직들 이야기야. 우리가 승진하면 그냥 공무원이 되는 거 아닌가? 의사가 공무원 되려고 이 직을 지원하겠나? 그럴 바에는 차라리 의대 가지 말고 법대 가서 판검사나 변호사 하는 게 더 좋았지."

"그렇군요."

창하도 웃었다. 피경철은 생각조차 장인정신으로 뭉친 사람이었다.

"그래도 저는 말이죠……."

마지막 술잔을 놓으며 창하는 같은 말을 반복해 버렸다.

"아까 말씀드린 대로 그런 능력이 생긴다면 선생님을 원장에 추서할 겁니다."

집으로 돌아와 샤워를 했다. 부검을 하면 가장 난감한 것이 냄새다. 시취가 강한 시신을 부검한 날은 샤워를 해도 지워지지 않는다. 그걸 감지하는 사람은 창하의 옆 사람들이다. 광배와 원빈이 차를 산 사연은 그래서 눈물겨웠다.

"시취 강한 시신 부검 끝나고 지하철이나 버스 타면 사람들이 다 인상을 찡그리거든요."

부검 후에 샤워를 하지만 그 냄새는 가시지 않는다. 오죽하면 향수까지 뿌리고 다녔다고 한다.

뽁!

캔 맥주 한 캔을 따 들고 소파에 앉았다.

─내가 몹시 궁금함.

다행히 시간을 맞췄다. 방송 직전의 CF 몇 개만 넘어가면 되었다.

여기 뭐가 나오는 걸까? 국과수에 대한 내용은 아니다. 만약 그렇다면 국과수에 소문이 돈다. 방송 단골 소예나 선생이 나오는 프로그램도 그렇다. 더구나 최근에는 국과수에서 촬영해 간 것도 없었다.

─안녕하세요? 지나간 이슈 중에서 아무리 생각해도 궁금한 이야기를 모아 잘근잘근 씹어 광학현미경을 들이대는 초강력 분석 프로그램 '내가 몹시 궁금함'의 진행자 나도열입니다.

─안녕하세요? 나도열 씨보다 조금 더 디테일하게 분석 들어가는 여자 송재희입니다.

두 진행자가 나왔다.

—재희 씨, 그 말 책임질 수 있습니까?
—오늘은 기어이 책임지고 말 겁니다.

가벼운 설전으로 주의를 환기시킨 두 진행자, 열 가지 테마를 가지고 10위부터 까발리기 시작했다.

—보복 운전의 진실?
—가짜 뉴스 진짜 뉴스 판별법.
—연 20억 유튜버의 실상
—연예인 연인 진실 공방의 승자는?

몇 가지 이슈가 진행되었다. 가짜 뉴스 진짜 뉴스는 인터넷과 SNS 시대의 산물이었다. 누군가 뉴스를 띄우면 빛의 속도로 퍼져 나간다. 과거 신문이나 방송이 독점하던 뉴스 시대가 끝나가는 장점이자 단점이기도 했다.

—자, 그럼 오늘 모두가 궁금해하는 궁금함 2위.
—열어주세요.

진행자들이 외치니 덮개가 내려갔다.

―황나래의 화재사 사실일까?

슬슬 찌뿌둥해지던 창하, 바로 신경이 곤두서게 되었다. 황
나래가 나온 것이다.

황나래?

척추부터 반듯하게 세웠다.

―오늘의 궁금중 2위는 얼마 전에 화재사로 사망한 황나래
씨입니다. 고인을 애도하지만 여러 첩보가 입수되어 파헤쳐
보기로 합니다.

―그렇죠. 고인의 명예는 잘 보존하면서 의구심만 팍팍 헤
쳐보자고요.

진행자들이 분위기를 띄웠다. 시작은 그녀의 전성기 활동
모습이었다. 그런 다음 조민수와의 결혼식 장면으로 이어진
다. 식장에 참석한 조경국의 모습도 살짝 비추었다.

―황나래, 결혼하기 전만 해도 인기의 아이콘이었죠. 그러
던 그녀가 전격 결혼을 선언하면서 세상을 놀라게 합니다. 그
러다 다시 연예 복귀를 타진하던 중, 안타깝게도 화마에 휩
쓸려 목숨을 잃게 됩니다.

─당시 황나래 씨는 국과수의 부검을 받습니다. 말씀드리기 조심스럽지만 유족 중 누군가 타살의 의혹을 제기한 게 아닌가 싶은데요.

─그렇죠? 그러니까 부검을 한 것 아닐까요?

─부검 결과는 화재사로 나왔죠?

─그렇습니다. 당시 객관성을 기하기 위해 공동 부검 형식으로 실시했는데 명망 높은 지역 검시관과 국과수의 검시관, 이렇게 두 분이 국과수에서 부검을 실시했다고 하네요?

─그런데 왜 의혹이 제기되었을까요?

─그게 바로 오늘의 궁금증이죠. 당시 경찰 수사 결과지가 제 손에 있는데요. 잠깐 당시의 현장을 재연해 보면…….

화면에 사건 개요도가 나왔다. 시간대별로 정리한 그림이었다. 조민수가 별장으로 내려온다. 둘이 코냑을 마시며 대화를 한다. 서울에서 공연 사고가 일어났다는 연락이 온다. 조민수가 수습을 위해 급히 서울로 떠난다. 속상한 황나래가 코냑을 들고 침실로 간다. 촛불을 켜고 더 마시다 잠이 든다. 코냑이 쓰러지면서 침실 촛불을 건드려 발화가 된다. 연기에 노출된 황나래가 잠에서 깨어 문으로 기어 나오다 사망한다. 조민수는 서울 톨게이트 부근에서 화재 연락을 받고 다시 돌아온다. 황나래를 부검한다. 화재사로 종결해 화장한다.

방송사답게 도표는 일목요연하게 정리가 되어 있었다.

―이것만 봐서는 문제가 없는데요? 경찰 조사 결과 외부인 침입 흔적은 없었다고 하고…….

―그렇죠? 그런데… 그렇다면 오늘 2위에 등극할 수가 없었겠죠.

―뭐가 또 있군요?

―당연하죠. 다음 화면 보시죠.

진행자들이 카메라를 가리켰다. 모자이크를 한 출연자가 나왔다.

―이게 이상한 게 황나래는 정신 줄 놓을 때까지 술을 마시지 않거든요.

또 다른 출연자가 이어진다.

―부검 당시 나온 매의 양이 화재사로 사망할 만큼 치명적이지 않았다는 말이 있었어요.

그리고 마지막 출연자…….

―당시 국과수에서는 미궁 살인마 부검이 같이 이루어졌

는데요, 그 일로 황나래 부검에 좀 소홀하지 않았나 싶은 우려도 있습니다.

'의혹 제기……'

창하의 프로그램의 성격을 간파했다. 일종의 간 보기였다.

다음으로 나온 1위는 당연히 미궁 살인이었다. 박상도의 특이한 생체 데이터와 범행 수법에 대한 분석. 하지만 오늘만큼은 황나래 이름이 창하 머릿속에 반짝거렸다.

'분위기 조성부터.'

장혁의 속내를 알 것 같았다. 재수사에 착수하려면 명분이 있어야 했다. 더구나 조민수의 아버지는 대권주자로 거명되는 조경국이었던 것.

장혁의 시도는 바로 반응으로 튀어나왔다.

황나래.

고인이 되었지만 어마어마한 팬을 거느리던 사람이었다. 그렇잖아도 젊은 나이에 화재사 한 것이 안타깝던 팬들이 방송을 퍼 나르기 시작했다. 의혹 부분은 더욱 그랬다. 더러는 상상이 더해지고, 더러는 그럴듯한 음모론까지 끼어들었다.

「황나래 부검 의혹」

「황나래 살해 가능성」

「황나래 화재사는 부검 오류?」

아침에 일어나니 세상이 바뀌었다. 국과수 부검이 실검 1위, 부검 조작이 2위, 황나래가 3위에 올라 있었다.

출근을 하니 국과수가 뒤숭숭했다. 특히 마당발 권우재가 바빠 보였다. 부검 배정표를 체크할 때 전화가 울렸다. 과장의 호출이었다.

과장실로 가니 검시관들이 다 모여 있었다. 창하는 말석에 자리를 잡았다.

"뉴스들 봤어요?"

백 과장이 말문을 열었다.

"황나래 부검 지 선생님이 했잖습니까?"

권우재가 먼저 입을 떼고 나왔다.

"……."

지한세는 침묵이다. 늘 그렇듯이 오늘도 포커페이스를 유지할 뿐이었다.

"송 선배하고 같이했지?"

과장이 지한세를 바라보았다.

"이창하 선생도 있었습니다."

지한세가 답했다.

"이 선생도?"

권우재 눈빛이 튀었다.

"송 교수님 조수였습니다."

지한세의 목소리는 여전히 높낮이가 없었다. 사실이다. 창하는 그 부검실에 있었다. 그러나 송대방의 수행자 역할에 불과했다. 특별한 어시스트도 하지 않았다. 많은 검시관들이 모르는 건 그런 까닭이었다. 그날의 메인 부검의는 송대방과 지한세. 어시스트는 안중에도 없었기 때문이었다.

"어떻게들 생각해요? 여론을 보니 재수사에 돌입할 가능성도 나오는 것 같던데?"

과장의 우려가 거기 있었다.

"제가 관할서 형사과장을 좀 아는데 아직 상부의 움직임은 없다던데요?"

이번에도 권우재다.

"수사를 경찰만 하나?"

"그럼 검찰이 나선단 말씀입니까?"

"억측이 심화되면 뉴스가 되고 뉴스가 쌓이면 확인 차원에서도 수사하는 게 관행 아닌가? 지금까지도 많이 그랬고."

"하지만 황나래의 시아버지가 누굽니까? 차기 대권, 그중에서도 당선 가능성이 높은 사람의 한 명입니다. 그쪽에서 그냥 있겠습니까?"

"정치란 럭비공 아닌가? 어디로 튈지는 알 수 없지."

"그래도 저는 그냥 넘어간다에 한 표입니다. 그렇잖아도 이런 뒷일을 예상해서 공동 부검까지 한 거 아니겠습니까?"

"지 선생."

과장의 시선이 지한세를 겨눈다. 부검의의 확신을 확인하려는 의도였다.

"따로 할 말이 없습니다. 부검 결과가 그랬으니까요."

지한세는 미동도 하지 않았다.

"과장님, 걱정하실 필요 없습니다. 과거 정권의 폭주를 막아준 송대방 교수님에 신망 높은 우리 지 선생님, 게다가 국과수의 꽃으로 자리매김한 이창하 선생이 공동으로 한 부검 아닙니까? 누가 감히 이 진용에 이의를 제기하겠습니까?"

"이 선생은 그 부검에서 참관자에 불과하니 끼워 넣을 필요 없네."

피경철이 선을 긋고 나왔다.

"아, 우리 피 선생님은 너무 빡빡하시다니까. 제 말은 설령 재수사 난다고 해도 우리 국과수는 문제없다 이겁니다."

"⋯⋯."

"의견들 알겠습니다. 지 선생 말을 들으니 부검상의 하자는 없는 것 같고 입방아 찧기 좋아하는 사람들이 카더라 뉴스 쏟아내는 모양인데 동요하지 말고 부검에 임해주시기 바랍니다."

"그러고 보면 황나래 남편, 판단이 예술이었네요. 혹시라도 이런 일이 나올까 봐 공동 부검 요청한 거 아니겠습니까? 송 교수님이 참가했기에 다행이지 국과수 단독이었으면 제대로 의심 살 뻔했네요."

권우재가 먼저 일어섰다. 지한세는 마지막에야 엉덩이를 들었다.

"하여간 밥 먹고 할 일 없는 놈들 많다니까. 대체 어떤 놈들이 이런 의혹을 제기하는 거야?"

"대선 경쟁자들 아닐까요? 어떻게든 상대에게 흠을 입히면 자신들에게 유리해질 테니……."

앞서 나가며 구시렁거리던 권우재와 길관민이 걸음을 멈췄다. 복도 끝에서 낯선 사람들이 다가오고 있었다.

'검찰?'

권우재의 눈동자에 파란이 일었다. 눈치 빠른 그였기에 그 정도 감을 잡는 건 일도 아니었던 것.

"지한세 검시관님?"

지한세 앞에 선 두 남자가 물었다.

"그렇습니다만."

"검찰입니다. 잠깐 동행해 주셔야겠습니다."

통보하는 남자가 신분증을 꺼내 보였다. 포커페이스 지한세 얼굴이 과격하게 출렁거렸다. 같은 시간, 부검 정보자료실 NFIS에도 검찰수사관들이 들이닥쳤고, 송대방의 교수실과 부검실에도 수사관들이 들이닥쳤다.

부검 조작 수사.

검찰이 내세운 칼날의 이름이었다. 부검을 앞세움으로써 조
경국의 관여를 차단한 것. 그야말로 전광석화 같은 수사 착수
였다.

*　　　　　*　　　　　*

음모.

조경국 측근에게서 나온 반발이었다. 불손한 정치세력이 유
력 대권 후보에게 흠집을 내려는 시도라는 논평이 나왔다. 그
러나 그 이상은 아니었다. 부검 비리를 내세운 검찰이었으니
조경국이 직접 개입하기에는 마땅치 않았던 것.

연예 기획 회사 삼두마차의 하나인 SS의 대표와 과거 톱스
타 황나래 덕분에 연예가가 들끓고, 유력 대권 후보의 집안일
이니 정치권이 들끓었다. 그러나 그 못지않게 뜨거운 곳이 국
과수였다.

국과수는 완전히 뒤숭숭했다. 본원 원장과 센터장이 다녀
가고 기자들이 어슬렁거렸다. 직원들 역시 삼삼오오 모여 향
후 전망에 대해 숙의하기 바빴다.

창하와 광배 등, 당시 부검에 참여했던 어시스트들도 참고
인 조사를 받았다. 창하는 송대방 수행원의 입장인 데다 부검
결과에는 관여치 않았기에 출석 체크 정도로 그쳤다.

조사실에서 나올 때 장혁을 보게 되었다. 송대방 조사를 위

해 입실하던 중이었다. 칼 같은 업무 구분 능력을 지닌 그였기에 창하에게는 눈길 한 번 주지 않았다.

'여기서 보니까 포스 쩌네.'

창하가 웃었다. 코드 제로 상황에서 검찰을 대표하던 카리스마와는 또 다른 맛이었다.

장혁은 이 사건을 세부적으로 파고들었다.

1) 송대방과 지한세 등 검시관의 부검사인 조작 여부
2) 조경국 조민수 부자의 범죄 동기와 알리바이
3) 당시 화재 수사를 맡았던 오천 경찰서의 수사 비리

그 첫 타깃이 송대방이었다.

"송대방 교수님."

조사실 의자 앞에서 장혁이 포문을 열었다.

"……."

송대방은 반응하지 않았다. 믿는 구석이 있는 것이다.

"일단 몇 가지 확인하고 들어가죠. 황나래 부검에 지역 검시관 자격으로 집도를 했죠?"

"……."

"대답하세요."

"그렇소."

첫 대답이 나왔다.

"국과수 지한세 검시관과 공동 부검입니다."

"……."

"대답하시라니까요."

장혁의 목소리에 힘이 들어갔다.

"그렇소만."

"사인은 화재사, 맞습니까?"

"그렇소."

"지한세 검시관과 교수님, 둘 중 누가 내린 사인입니까?"

"공동 부검이니 둘이 합의해서 내린 결론이오."

"근거가 무엇입니까?"

"기도에서 매가 나왔고 혈액에서 일산화탄소 농도가 치명적이었소."

"문제는 그것뿐이었나요?"

"불에 탄 시신이었소. 외표의 문제는 확인 불가였고 심장과 뇌에도 사인을 다툴 만한 손상이 없었소."

"하지만 매의 양 말입니다."

장혁이 사진 한 장을 던져놓았다. 국과수에서 부검 당시 찍은 사진이었다.

"화재사로 보기에는 부족하다는 견해가 지배적이던데요?"

"부검은 어느 한 가지만으로 결정하는 게 아니오. 검댕의 양은 많지 않았지만 일산화탄소의 농도가 높았소. 둘을 종합하면 어떤 부검이라도 화재사로 가는 게 정상이라오."

"매의 양과 일산화탄소의 농도 편차가 너무 크다는 의견은 어떻게 생각합니까?"

"누구의 견해요? 대한민국에서는 나도 이 분야 권위자의 한 사람이오."

"궁금합니까?"

"그렇소. 개중에는 현장 경험도 없이 이론만 가지고 떠드는 사람도 있는 법이니."

"공개해 드리죠. 아, 혹시 영어는 좀 되십니까?"

노트북을 만지던 장혁이 고개를 들었다.

"부검에 관한 거라면 큰 문제 없소."

대답하는 송대방의 목소리가 살짝 흔들렸다. 여기서 영어가 왜 나온단 말인가? 하지만 다음 순간. 송대방은 그 의미를 제대로 알게 되었다. 화면에 흑인이 떠오른 것이다.

"혹시 이분 아십니까?"

"모르오."

"실망이군요. 뉴욕 검시관의 대표로 불리는 화재사 전문 부검의 닥터 젠슨입니다. 국내 권위자의 부검이다 보니 객관성을 위해 외부 기관에 의뢰를 했습니다. 들어볼까요?"

장혁이 엔터키를 눌렀다. 젠슨의 분석이 나왔다.

—많은 경우의 화재사 시신을 보아왔지만 이 정도 매의 양으로 사망에 이른다는 건 매우 희귀한 일입니다. 게다가 화재

가 난 곳이 밀폐되어 차단된 곳도 아니라니 이해하기 힘듭니
다.

"어떻게 생각하십니까?"
화면을 멈춘 장혁이 송대방의 반응을 기다렸다.
"부검은 사진만으로 판명할 수 없습니다. 시신에 더해 화재
현장, 사망자의 기본적인 상태까지 종합해야 정확도가 높아지
는 것이라오."
"수긍 못 한다는 뜻입니까?"
"그렇소."
"그럼 다음 견해를 들어볼까요?"
다시 노트북 영상이 돌아갔다.
"이분은 영국 법의학공사의 에이미 박사입니다. 독극물의
권위자라고 하더군요."
곧 이어 그녀의 분석이 나왔다. 이 둘을 섭외한 건 창하의
조언이었다. 그들은 유럽 법의학자 중에서도 신망이 높은 사
람들. 방성욱의 경험치를 제대로 활용하는 것이다.

─혈액 중 일산화탄소 농도가 75%였다는 건 매의 양과 비
례되는 단서입니다. 단순 화재에서 이 정도 일산화탄소 농도
가 나온다면 매는 사진 속의 경우보다 4─5배가량 많이 검출
되는 게 상례입니다.

장혁이 어깨를 으쓱해 보였다. 다시 송대방의 해명을 기다리는 것이다.

"상례라는 건 보통의 경우입니다. 부검에서는 일반성을 뛰어넘는 경우가 허다합니다. 그렇기에 우리 국과수도 통상 10~15% 정도는 사인을 밝히지 못하기도 합니다. 단적인 예로 지난번 미궁 살인 또한 국내외의 모든 부검의들이 동원되고도 사인 분석에 애를 먹지 않았습니까?"

"그 전에 궁금한 게 있습니다."

"……"

"일산화탄소 분석 혈액 말입니다. 보고서를 보니 샘플은 모두 소진하고 남은 게 없다고 되어 있던데 통상적으로는 검사하고 남겨서 보존해야 하는 것 아닙니까?"

"모든 경우에 그런 것은 아니오. 화재사 시신이라 유효한 샘플 채취가 곤란했소."

"그 말은 법정에서도 교수님의 진술로 써도 될까요?"

"지금 하는 말들을 죄다 법정에 내세운다면 더는 진술하지 않겠소."

송대방이 선을 긋고 나왔다.

"좋습니다. 일단 조금 전에 하던 말에다 연결하면 이 경우도 일반성을 뛰어넘었다는 말씀이겠군요?"

"그렇다고 볼 수 있소이다."

"그 말은 곧 다른 사인에 대한 과실이 있었을 수도 있다고 이해해도 되겠습니까?"

"검사님."

송대방의 목소리가 튀었다.

"미안하지만 내 소견이 아닙니다. 수사를 위해 부검 공부를 했지만 내가 부검의는 아니거든요."

탁!

다시 장혁의 손이 노트북의 엔터키를 눌렀다.

"……!"

사진 한 장이 나왔다. 송대방의 미간이 살짝 구겨졌다. 화면의 사진은 골절된 설골로 전형적인 액사에서 가져온 것이었다.

"기억나십니까? 교수님이 2년 전에 액사로 결과를 낸 부검 사진입니다."

"……."

"설골 골절과 함께 근육과 후두의 손상, 경동맥 안쪽의 출혈로 보아 액사가 확실하다. 결과서에 적힌 멘트들이더군요."

"그게 황나래와 무슨 상관이오?"

탁!

송대방이 묻자 장혁이 다음 화면을 불러왔다. 이번에도 골절된 설골이었다. 그러나 부분만 강조된 그림이었다.

"이 골절은 어떻습니까? 이 정도면 사망의 원인이 됩니까?"

"황나래 건이 아닌 경우에는 질문에 응하지 않겠소."

"황나래의 설골입니다."

"……!"

여기서 송대방이 표정이 얼어붙어 버렸다.

"이 사진 역시 해외 부검의들의 조언을 받았습니다. 아까 나온 두 분의 소견은 한결같더군요. 액사가 가능한 수준이다."

"……"

"종합하자면 이렇습니다. 교수님께서 제시한 매와 일산화탄소로 인한 화재사는 매와 일산화탄소 농도의 불일치가 의심되는 상황입니다. 그런데 오히려 설골 골절은 액사의 가능성이 높다고 합니다. 검찰은 이걸 어떻게 해석해야 할까요? 부검의 권위자시라니 제가 이해할 수 있게끔 설명을 부탁드립니다."

"……"

"교수님."

"변호사를 불러주시오. 변호사가 온 후에 조사에 응하겠소."

"교수님."

장혁의 목소리가 나직하게 변했다. 그는 빙긋 송대방을 바라보지만 다음 말은 하지 않았다. 무언의 압박이다. 창하의 도움으로 아킬레스건을 잡고 있는 장혁. 게다가 송대방이 방어 체계를 갖출 사이도 없이 정중히 모셔 왔기에 허까지 찌른 상황이었다.

"솔직히 제가 좀 나가는 검사입니다. 저 가만히 있어도 부장 검사에 지검장까지 될 자신 있지요. 그런데 이 사건, 아시겠지만 조경국 부자가 뒤에 있는 사건입니다. 조경국 말입니다. 여당의 실세에 유력한 대권 후보의 한 사람."

"아는 사람이 이토록 무리수를 둔단 말이오?"

"무리수라고요?"

"아니면요? 단독 부검도 아니고 공동 부검으로 나온 결과입니다. 요즘 세상에 누가 부검 조작 같은 걸 한단 말입니까? 지금이 쌍팔년도 대한민국입니까?"

"제가 검사 된 후에 돌아보니 다들 입은 그렇게 털지만 쌍팔년도보다 더 해 먹는 인간들도 많더군요. 한결같이 내로남불을 부르짖으면서."

"……!"

"무리수라고 말하셨으니 조금만 더 진행해 볼까요? 최 수사관님, 그거 좀 가져오세요."

장혁이 돌아보자 40대 초반의 베테랑 수사관이 들어섰다.

"신라대학병원 일산화탄소 연구실 압수수색 결과입니다. 송대방 교수가 부검 당일 오전 8시 35분에 출입한 기록이 나왔습니다."

수사관이 장혁에게 보고를 했다.

"또 다른 건은요?"

"일산화탄소 샘플 채취의 문제인데 시신 부검 사진을 본 국과수 본원과 법의학 교수들 소견은 샘플 채취에 전혀 문제가 없는 상태라는 자문 결과를 보내왔습니다."

수사관이 회신서를 내려놓았다. 무려 다섯 장. 그중에는 국과수 본원의 회신도 있었다.

"또 있죠?"

"황나래 사망 전에 타임스윙이라는 펀드에 약 3,000만 원을 투자해 그 후 120배의 차익을 내셨더군요. 그런데 이 타임스윙이라는 펀드의 실소유주가 바로 황나래의 남편 조민수 사장입니다."

"또 다른 건?"

"조민수 사장과 송대방 교수님은 최소한 3회 이상 만난 적이 있는 지인 사이입니다."

"또……."

"공동 부검을 했던 지한세 검시관의 자백 내용입니다."

수사관이 녹음을 틀었다. 지한세의 목소리가 흘러나왔다.

—이 부검은 송대방 교수가 메인이었습니다. 부검 전에 제 방으로 와서 부탁하더군요. 대선배가 알아서 하니 저는 그저 따라갔을 뿐입니다.

—대가성은 없었습니까?

—…….

—말씀하세요. 이번 건 외에도 송 교수와 접촉이 있다는 것 다 파악하고 있습니다. 그래도 현역 검시관이시니 국가에 봉사한 공로 예우 차원에서 직무와 금융에 대한 전반적인 수사는 아직 착수하지 않고 있습니다.

—…….

—지한세 검시관님.

—다음 달에 있는 신라의대 법의학 교수 채용 자리를 밀어 주겠다는 제의를 받았습니다.

"그만!"

거기서 송대방이 손을 내저었다. 그의 어깨가 부서질 듯 떨렸다.

"잠시 생각할 시간을 드리죠."

생수병을 건네준 장혁이 조사실을 나왔다. 고도의 신경전이다. 하지만 장혁의 입장에서는 사실 체크할 일들이 있었다.

"새로운 사실이 나왔습니다."

밖에 있던 수사관 하나가 장혁에게 다가왔다.

"뭐야?"

"송대방 교수가 부검한 건들 기본 분석이 끝났는데요, 조경국 씨와 연관성이 있는 부검이 한 건, 조경국 씨와 연관된 부검이 두 건으로 나왔습니다."

"자세히 보고해 봐."

"조경국 씨와 연관된 경우는 국과수 재직 시절이었고 나머지는 지역 검시관을 하면서 그 아들과 연관된 부검입니다. 하나가 황나래 씨 부검이고 또 하나는 얼마 전에 일어난 전직 마약 가수 채훈 자살 건 말입니다. 그 소속 회사가 바로 조민수 사장의 SS 엔터테인먼트였습니다."

"소속 회사였다는 것만으로는 연관성이 좀 약하잖아?"

"문제는 조민수 사장이 그 장례식을 뜻밖에도 성대하게 치러주었다는 사실입니다. 그래서 뒤져봤더니 과거 그 가수의 마약 복용 때도 조민수가 약을 가르쳤다는 말이 나왔는데 채훈이 독박을 쓰면서 끝났고, 최근에는 재기 곡을 내주기로 하면서 소속사 출입이 잦았다고 합니다. 그런데 돌연 마약 과용사라니 이상하지 않습니까?"

"그렇군."

"지금 하 수사관이 조민수 사장과의 관계 파악과 더불어 황나래 사망 당일 채훈의 동선 일체를 체크하고 있습니다. 가닥이 나오면 보고드리겠습니다."

"좋아."

장혁이 돌아설 때였다. 대화 속에 나온 하 수사관이 복도 끝 방에서 부리나케 뛰어나왔다.

"검사님."

"뭐야?"

"잠깐 오시죠. 굉장한 게 나왔습니다."

하 수사관의 목소리는 비명에 가까웠다.

제10장

—

광속 수사

"여기 보시죠. 고속도로 톨게이트입니다."

하 수사관이 CCTV 화면을 가리켰다. 화면에 회색 렌터카가 나왔다. 별 특징도 없는 차였다.

"렌터카입니다."

"그게 왜?"

"앞차를 보시죠. 앞차가 바로 조민수 사장의 아우디 아닙니까?"

장혁이 눈빛을 모았다. 흰 아우디가 오라를 뿜으며 톨게이트를 지나고 있었다.

"서울 기점입니다. 그리고……."

타탁!

수사관이 자판을 두드렸다. 그러자 연결 화면이 나왔다.

"여기가 첫 휴게소입니다. 조민수의 아우디가 들어오는 게 보이죠?"

"그렇군."

"그리고……."

다시 화면을 가리키는 하 수사관. 그 뒤로 회색 렌터카가 보였다.

타닥!

다시 자판이 움직였다. 이번에는 별장으로 나가는 최단 거리의 톨게이트였다. 조민수가 별장에 간 것은 주지의 사실. 그러니 이 톨게이트로 나가는 게 맞았던 것이다.

"아우디가 나갑니다. 그리고 그 뒤를 보시죠."

"……?"

장혁의 눈동자가 격하게 반응했다. 이번에도 회색 렌터카가 따라붙고 있었다.

"얼마 전에 죽은 채훈이 빌린 렌터카입니다. 확인해 보니 동생 명의로 빌렸더군요. 하지만 동생은 그날 여친과 대학로 공연을 했으니 빌리기만 하고 운전하지 않았습니다."

"그럼 조민수가 채훈을 달고 갔다는 건가?"

"그렇게 보입니다."

"채훈?"

장혁의 수사 촉이 고개를 들기 시작했다. 채훈은 조민수와 약쟁이 인연이 있었다. 그러나 재기를 앞두고 마약 과용으로 죽었다. 황나래가 사망한 지 12일 후의 일이었다.

"다음 화면입니다."

다시 화면이 이어졌다. 사고 당일 오후였다. 톨게이트에 진입하는 조민수의 아우디가 보였다. 서울로 갔다고 확인된 장면이었다.

"이번에는 렌터카가 보이지 않습니다."

톡!

엔터키가 들어갔다. 화면에 다시 아우디가 등장한다. 서울로 갔던 아우디가 다시 돌아온 것이다.

톡!

다시 자판을 건드리자 렌터카가 등장했다. 아우디가 톨게이트를 빠져나간 지 20분 후였다.

"뭐야?"

"아우디는 놔두고 렌터카의 행방을 쫓았습니다. 그랬더니 별장과 14분 거리에 있는 삼거리를 끝으로 보이지 않다가… 아우디가 돌아온 지 25분 40초 후에 톨게이트에 들어섭니다."

"……."

"이후의 행적을 캐보니 조민수 사장이 재기를 약속했다며 활발하게 움직였습니다. 작곡가와 가수, 기타 연예프로그램 PD까지 만나면서 말입니다. 하지만 결국 황나래 사건 발생 12일 후

에 마약 과용으로 숨진 채 발견, 그 부검은 지역 검시관인 송대
방에게 맡겨져 마약 과용으로 인한 약물중독사로 나오게 되었
습니다."

송대방.

그 이름이 반짝거렸다.

"냄새 제대로군."

"채훈의 사망 장소는 무인 모텔의 구석 방. 절묘하게도
CCTV가 이틀 전에 고장이 나 있더군요. 해서 이 인근의 차량
과 공공기관, 주택 등을 다 털어서 차량 하나를 잡았습니다."

톡!

이번에는 다른 화면이 나왔다. 새벽 11시 40분, 검은색 차
량이 등장했다.

"동 시간대에 이 도로를 지난 차량 280대를 수배해서 구한
블랙박스 영상입니다. 차량 조회를 해보니 무적 차량인데 나
오는 사람을 보십시오."

수사관이 화면을 짚었다. 그러자 30대 중반의 남자가 차에
서 내렸다.

"누군가?"

"조민수의 오른팔, 배오윤 비서실장입니다."

"비서실장?"

"모텔 안으로 들어갔다가 20분 후에 나옵니다."

비서관의 시선은 화면에서 떨어지지 않았다.

"채훈의 사망 시각이 새벽 2~3시 아니었나?"

"조민수가 배후라면 지능적인 조작 아니겠습니까? 사건 이후에 알리바이를 만들려는……."

"차량 수배는?"

"이미 수배령 띄웠습니다. 배오윤과 조민수, 영장 청구할까요?"

"조민수가 중요해. 여차하면 꼬리 자를 각이잖아?"

"톨게이트와 별장 사이의 연결도로 CCTV 체크는 끝났습니다. 남은 건 동 시간대에 도로를 지나간 차량 20여 대인데 만약 도로가 아니라 야산 진입지나 밭 입구, 공터 같은 곳에서 차를 바꿔 탔다면……."

"으음……."

"검사님."

그사이에 최 수사관이 들어왔다.

"당일 서울로 간 빌미가 된 소속 가수의 무대 사고는 경미했답니다. 직전 리허설에서 발이 미끄러져서 쓰러졌는데 바로 괜찮아져서 공연 잘 끝냈다는데요?"

"연막이었군요. 보고자가 비서실장입니까?"

"그렇다고 합니다."

"당일 비서실장의 행적은 더 나온 거 없습니까? 조민수가 채훈을 이용해 알리바이를 만들었다면 비서실장이 설계에서 빠질 리 없습니다."

"당일 밤, 신용카드 결제가 두 건 있어서 체크했는데 한 건의 동석자가 채훈으로 나왔습니다. 가게로 들어가는 화면에서 확인했으니 틀림없습니다."

"좋아요. 그렇다면 문제는 역시 조민수 쪽인데……."

고민하는 사이에 전화가 한 통 들어왔다.

"여보세요?"

최 수사관이 전화를 받았다.

"뭐야? 그럼 당장 영상 가지고 튀어와."

최 수사관의 목소리가 천둥을 울렸다.

"뭐 좀 나왔답니까?"

"조민수의 동선을 찾은 것 같습니다. 화재 발생 40분 전, 한 약초꾼이 산길 초입에 세워둔 차량에 사람이 잡혔는데 야산을 넘어가는 조민수의 모습으로 판단된답니다."

"야산이라고요?"

"거길 넘으면 별장이 나옵니다. 특이한 걸음에 옷차림으로도 구분이 된다고 합니다. 보행법이 독특한 데다 시골 사람의 모습이 아니니까요."

"그럼 역시 자신의 차를 채훈에게 넘겨 서울로 보내고 몰래 별장으로 가서?"

"그런 것 같습니다."

"드디어 건졌군요. 총알처럼 달려오라고 하십시오."

장혁의 목소리에 힘이 실리기 시작했다.

끼익!

장혁의 차가 한강변에 멈췄다. 어두워진 한강변에는 사람이 별로 없었다.

"잠깐 기다리세요."

최 수사관에게 지시를 내리고 걸었다. 저만치 작은 벤치에 사람이 보였다. 혼자 앉아 있는 창하였다.

"날씨 더럽게 맑죠?"

장혁이 창하 옆을 차지하고 앉았다.

"매의 눈이군요. 날이 저물었는데 날씨를 말씀하시다니……."

창하가 웃었다.

"매의 눈이라면 선생님만 한 사람이 있겠습니까? 상세 분석에서 뭐 좀 나왔습니까?"

"검사님은요?"

"밑그림은 대략 맞췄습니다. 이거 어마어마한 기분이 들어서 피가 짜릿합니다."

"괜히 저 때문에……."

"천만에요. 이런 일을 모른 척 넘어갔다니 송구할 뿐입니다. 경찰의 초동수사부터 개판 오 분 전이더군요. 경찰들이 전적으로 조민수의 증언에 따랐더라고요. 수사를 한 건지 받아 적기를 한 건지……."

"경찰이 언제는 안 그랬습니까?"

"……"

"……"

"하긴 선생님 선대인도……."

장혁의 목소리 끝이 내려갔다.

"범인 윤곽이 나왔나요?"

"그건 수사 기밀이니 선생님께도 말씀드리지 못합니다. 하지만 잘되어가고 있습니다. 저희가 부탁한 송대방의 부검 자료에 대한 면밀 검토는 끝나셨나요?"

"검사님이 분투하시니 저도 밤새워 검토를 끝냈습니다."

"어떻던가요? 지금 저희가 주목하는 건 조경국 부자와 연관된 세 가지 부검입니다. 이게 결국 송대방의 부검 비리가 아니라 조경국 부자와 칼날을 겨루게 될 일이거든요."

"약물 과용으로 부검한 여자 연예인… 심근경색 판단에 무리가 있습니다. 이번 황나래 건은 말할 것도 없고, 마지막으로 마약 전과 자살자 부검 역시 의혹투성이입니다."

"그럼 결국 조경국 의원까지 연결된다는 얘긴데……."

"가장 최근 건으로 마약 전과 자살자 부검을 보면 의사, 즉 목을 매단 자살로 나와 있지만 의흔 형성은 다른 말을 해주고 있습니다. 스스로 매단 게 아니라 늘어진 사람의 목에 줄을 매어 잡아당긴 형상이죠. 몸체가 하강한 게 아니라 딸려 올라갔다는 건데 목을 매는 자연 의사에서는 이런 일이 벌어질 수 없습니다."

"그렇다면 그것 역시 해당 경찰서에 협력자가 있었다는 말입니까?"

"그것까지는 모르겠습니다. 사실 국과수나 지역 검시관들에게 시신을 가져오는 형사들 중에는 법의학에 무지한 사람들이 대다수입니다. 부검의가 그렇다면 그런 것이죠."

"골치 아프니까 대충 형식 갖춰서 처리하자?"

"그 또한 제가 드릴 말씀은 아닙니다."

"다른 상이점은요? 제가 지금 바로 송대방 교수와 결말을 지어야 하거든요."

"우선 마약 과용 치사의 근거로 든 팔오금의 Mainliner… 고속도로처럼 이어지는 주사 흉터를 들 수 있는데 정맥염과 반흔입니다. 마약중독자라면 대개 이걸 트레이드마크처럼 달고 살지요. 부검 사진을 보니 채훈의 팔오금에도 그런 상흔이 있었습니다. 원래 초근접 촬영을 해야 하는데 의도적으로 포커스를 멀리서 잡았더군요. 그것들이 정맥염인 것은 맞지만 상흔 자체가 최신에 생긴 것들입니다. 제 생각으로는 사건 당일 날고의적으로 찌른 상처가 분명합니다."

"일부러 만든 표식이다?"

"헤로인이나 코카인 같은 것은 코로 흡입하면 코점막이 위축되거나 코중격에 천공이 생기거든요. 그건 당장 조작할 수없으니 정맥염으로 간 것 같습니다."

"허얼."

"채훈의 사망 보도를 보니 재기를 위해 몸부림쳤지만 결국 마약의 마수에서 벗어나지 못하고 재기의 부담을 이기지 못해 극단적 선택 내지는 긴장감을 이기려고 과량을 주사해 사망했다고 되어 있는데……."

핸드폰 화면의 기사를 보던 창하가 남은 말을 이어놓았다.

"이 기사는 잘못된 게 만성 투약자들은 대개 정맥염이나 혈전증이 보이고 만성적 염증과 함께 림프절이 비대해집니다. 하지만 부검 사진에는 이 부분이 빠져 있더군요. 후환이 될 만한 건 아예 누락시킨 것 같습니다."

"악질적인 지능범이군요."

"당연히 그렇지 않겠습니까? 사진 한두 장 빼먹었다고 부검의가 감옥에 가는 건 아닐 테니까요. 게다가 부검 결과를 뒷받침하는 다른 사진은 있는 셈이니……."

"이건 어떻게 하면 증명할 수 있겠습니까?"

"굉장히 쉽기도 하면서 굉장히 어려운 일인데……."

"……?"

"채훈의 병원 진료기록을 뒤져보십시오. 제 생각이지만 재기를 위해 노력했다면 병원에 가서 건강진단을 받았을 가능성이 높지 않겠습니까? 거기 진단에 정맥염이 없거나 염증 기록이 없다면 부검 조작이 확실합니다. 만약 혈액 샘플이 남아 있다면 최상이고요. 거기서 마약 성분이 안 나온다면 마약중독이라는 말 자체가 성립되지 않는 겁니다."

"그럼 말입니다. 화재사 사건 조작… 그건 어떻게 가능한 겁니까? 목을 졸랐다고 치고 황나래가 문 앞까지 기어 나온 걸 보면 실패할 가능성도 있지 않았습니까?"

"범인은 그 문 앞에 있었을 겁니다."

"범인이오? 불길이 타오르는데?"

"이렇게 치밀하게 준비한 범행이라면 방열복과 방화 마스크를 준비하는 것도 가능하지 않을까요?"

"아, 방열복에 방화 마스크, 가능하겠군요? SS라면 소품용으로 구비했을 수도 있고요."

"가능성 높죠."

"이렇게 되면 조민수의 살해 동기가 필요한데……."

"그건 연예인 연미라 씨를 찾아가 보시죠. 얼마 전에 그 동생이 죽어서 제가 부검을 했는데 황나래 씨와 생전에 절친이었다고 하더군요."

"대박 정보로군요. 제가 체크할 테니 이제 그만 들어가시죠."

"괜찮겠습니까?"

"저요?"

"예… 오후부터 조경국 진영에서 본격 언론플레이가 나오는 것 같던데……."

"각오해야죠. 우리 칼날이 조경국 부자에게 드러나는 순간, 검찰과 법원 쪽 라인을 총동원해 황나래 재부검 영장을 방해

할지도 모릅니다."

"그렇게 되면?"

"여기서 물러서면 이제 저하고 저희 부장님이 죽거든요? 죽지 않으려면 끝장을 봐야죠."

"제가 더 도울 일은 없습니까?"

"지금까지 온 것도 다 선생님 덕분 아닙니까? 일단은 제 선에서 해결책을 찾겠지만 혹 지원이 필요하면 또 연락드리겠습니다."

장혁이 돌아섰다.

분주한 뒷모습이 한없이 듬직해 보였다.

그래 당신 같은 칼잡이도 있어야지.

같은 칼은 아니지만 창하 또한 칼잡이로서 거대한 권력의 태풍 속으로 진격하는 장혁에게 무한 지지를 보냈다.

하지만.

차에 오르던 장혁은 엄청난 전화를 받으며 경악하고 있었다.

"뭐야? 송대방이 자해?"

　　　　　*　　　　　　*　　　　　　*

광동대학병원의 야경 불빛이 도시로 번져 나갔다. 장혁은 복도에 있었다. 후배 윤승구 검사를 기다리는 것이다.

"선배님."

잠시 후에 윤 검사가 모습을 드러냈다.

"왜 이렇게 오래 걸려?"

"죄송합니다. 경찰 담당자가 연가 중이라서……."

"연가 가면? 업무 대행자도 없나?"

"우리나 걔네나 그런 건 형식적이라는 거 잘 아시잖습니까?"

"결과나 보고해."

"찾았습니다."

"찾았어?"

장혁의 눈빛이 튀었다.

"경찰 수사 자료 보니 3개월 동안 두 군데서 네 번의 종합 건강검진을 받았더군요. 재기를 앞두고 마약 시비에 휘말리지 않기 위해 교차검사로 확인한 것 같습니다. 한 군데는 검사 끝난 후에 채취 혈액을 폐기했지만 다른 한 곳은 환자가 많지 않았던 탓에 병리과에 남아 있었습니다."

"마약 검사 결과는?"

"두 기관 공히 검출되지 않았습니다."

"빙고!"

장혁이 쾌재를 불렀다. 창하의 조언이 기막히게 적중하는 순간이었다.

"정맥흔은?"

"채혈한 간호사가 채훈을 기억하고 있었습니다. 마약 복용으로 연예계를 떠났지만 연예인 아닙니까? 자기가 좋아하던 사람이라 기억이 또렷하다고 하더군요."

　"정맥혼 있어 없어?"

　"없답니다. 팔오금뿐만 아니라 손등과 다리 그 어디에도?"

　"증언 담아 왔어?"

　"당연하지요. 저도 이제 신참 아닙니다."

　윤 검사가 증언용 녹음기를 꺼내놓았다.

　"좋아. 이거라면 송대방을 무장해제 시킬 수 있을 거야. 연미라는 누가 체크했나?"

　"우리 오 수사관이 갔는데 동기가 될 만한 건이 두 개 나왔습니다."

　"두 개?"

　"하나는 조민수 쪽인데… 새로 키운 아이돌 가수 진미주와 심상치 않은 관계라고 합니다. 집과 별장까지 데려갔는데 황나래의 침대에 누워 있다가 황나래에게 들켜 따귀를 맞았다더군요. 그때부터 황나래와의 불화가 시작됐다는 말이 나왔습니다."

　"진미주가 황나래 침대에?"

　"예."

　"풋사과 맛에 반한 조민수가 늙은 사과 황나래를 살해한다?"

"한 가지가 더 있습니다."

"말해봐."

"이건 조경수 의원 쪽인데… 보시죠. 연미라가 가지고 있던 걸 제가 설득해서 화면 몇 장 찍어 왔습니다."

윤 검사가 핸드폰을 내밀었다. 사진은 두 장이었다. 주방이었다. 황나래가 설거지를 하고 조경수가 안마를 하는 장면이었다.

"성추행?"

사진을 본 장혁의 눈빛이 팍 튀어올랐다.

"역시 다르시군요. 저는 한참 봐야 알았는데… 사진을 보면 조경수의 하체가 황나래의 히프에 과도하게 밀착해 있습니다. 연미라 말에 의하면 처음에는 자기 어깨를 주물러 달라고 하더니 보답으로 황나래 어깨를 토닥여 줬다고 합니다. 그러다 이런 접촉이 있었답니다. 처음에는 실수인가 싶어 참았는데 나중에는 점점 접촉 강도가 심해져서 남편에게 얘기했더니 '정신 나간 여자' 취급을 받았다고 합니다. 그래서 연미라가 동영상을 찍으라고 제의를 했고 황나래가 찍은 동영상을 연미라에게 보낸 겁니다."

"조민수 부자가 알고 있나?"

"연미라 말로는 겁만 줬지 직접 말하지는 않았다고 합니다."

"허얼."

"안마를 빙자한 은근한 성추행… 그러나 인품에 권력, 재력을 갖춘 시아버지. 남편에게 한두 번 말했지만 오히려 시아버지가 아껴주는 걸 곡해해 모욕한다며 욕만 먹었다고 합니다."

"그리고?"

"이때부터 사이는 더욱 소원해지고… 그래서 이럴 바에는 다시 연예 활동이나 하겠다고 했는데 화재사 당시에 알려진 것과는 달리 남편이 집요하게 막았다고 합니다."

"그렇지. 황나래가 다시 인기를 끌면 곤란해질 테니……"

"그런데 사고 전날 재미난 문자가 왔답니다."

"무슨?"

"제가 확인했는데 연예 복귀가 결정된 것 같다고 좋아했다고 합니다. 남편 분위기가 그랬다고요."

"그래서 축하주라고 술을 먹이고 범행?"

"현재까지의 사안을 종합해 보면 그 그림이 맞을 것 같습니다."

"부장님은?"

"오고 계십니다. 영장 청구 허락해 주실까요?"

"아니면 윤 검사가 청구해. 내가 부장님 구금이라도 하고 있을 테니까."

"선배님."

"위험 부담 알고 시작한 거잖아? 조경국이 손을 쓰기 전에 우리가 먼저 움직여야 해. 조 의원이 전방위로 나서면 이 건 어려워져. 영장 청구해서 신병 확보한 다음에 속전속결로 나가야 해."

"조민수 산길 화면으로는 좀 어렵지 않을까요? 얼굴이 특정되지 않는다고 영장 기각될 수도 있을 텐데… 요즘 법원 영장 심사 판사들 경향 아닙니까?"

"그 친구는 걸음이 특이하니 DFC에 법보행 분석 요청해서 대비해 둬. 그리고 고속도로 구간마다 설치된 CCTV 거둬서 얼굴 잡힌 거 있는지 찾아내고, 옷도… 저 옷 어느 행사에선가 입었을 거야. 찾아내서 연결해."

"알겠습니다."

"들어가지."

"지금요?"

"송대방 깨어날 시간이야. 이자가 자백을 해주면 영장 청구가 한결 수월해지지."

"공감입니다."

윤 검사가 병실 문을 열었다. 두 검사가 들어가자 하 수사관이 문을 막아섰다. 허락된 사람 외에는 출입 금지였다.

끄덕!

송대방의 눈꺼풀이 움직이자 의사와 간호사가 자리를 비켜주었다. 송대방의 입에는 안전 장치가 물려 있었다. 눈자위가 움직이더니 서서히 눈을 뜬다. 그 눈에 채훈의 마약류 검사 결과가 보였다.

"보이죠?"

장혁이 물었다.

"……?"

"환자명을 보세요."

"……?"

"조사실에서 말하던 것의 연장입니다. 조금 있으면 당신 변호사가 올 테니 그사이에 끝내자고요."

"……?"

"채훈 말입니다. 당연히 기억나겠죠? 당신이 3주 전에 부검한 재기 직전의 가수……."

"……."

"마약중독자라 약의 유혹을 이기지 못하고 스스로 목을 맸다고 결과를 내셨더군요."

"……."

장혁이 검사 결과서를 조금 더 들이밀었다. 그 이름이 송대방의 눈에 또렷이 비쳤다.

"피가 어디서 났냐고요? 이 친구가 재기를 위해 건강진단을 받았더라고요. 그것도 두 군데… 그중 한 병원에 고맙게도 혈액검사 후에 남은 샘플을 보관하고 있지 뭡니까?"

"……?"

"보다시피 마약류 일체는 Negative, 이게 무슨 뜻인지는 알겠죠?"

"……."

"당시 당신은 채훈의 팔오금에 이어진 정맥염과 반흔을 이유로 마약 과량 투여 후 의사로 결론지었죠. 그런데 이걸 어쩔까요? 채훈은 마약 중독에서 벗어난 지 오래였으니 말입니다. 아니, 설령 당신 말대로 마약중독이라고 해도 그 정맥염과 반흔은 어림없는 얘기죠. 채훈은 마약 스페셜리스트인데 당일 마약을 주사했다고 해도 그렇게 서투르게 찌를까요? 원샷으로 끝나야지."

"……"

"결론적으로 당신의 이 부검 결과는 조작입니다. 우리는 복수의 부검의에게 조언을 들었으며 그중에는 최근 국대급 검시관으로 떠오른 이창하 검시관도 있습니다."

'이창하?'

송대방의 눈가에 암담함이 스쳐 갈 때.

딸깍!

때맞춰 윤 검사가 녹음기를 틀었다.

―채훈 환자는 마약 관련 종합검사를 받았습니다. 팔은 물론이고 몸의 어디에도 마약 성분은 나오지 않았습니다. 3개월 전에 이어 같은 결과가 나왔습니다.

변조된 간호사 목소리가 나오자 송대방의 미간이 격하게 꿈틀거렸다.

"채훈, 왜 죽은지 알지?"

"……?"

"우리가 말이야. 당신 덕분에 황나래 별장과 고속도로 톨게이트, 별장 근방 5㎞ 이내의 CCTV를 다 뒤졌어. 그 양이 무려 테라 단위. 그랬더니 조민수가 럭셔리한 캐주얼 차림으로 별장 뒷산을 오르는 게 나오더라고. 화재가 발생하기 40분 전쯤에 말이야."

톡!

윤 검사가 아이패드 화면을 들이밀었다. 블랙박스에서 딴 그 화면이었다.

"서울로 가는 척, CCTV가 없는 곳에서 채훈과 교대. 알리바이를 위해 채훈에게 조민수의 아우디를 넘겨서 서울로 보냈지. 아우디 선팅 때문에 사람 얼굴은 보이지 않으니 말이야. 그런 다음 야산을 넘어 별장으로 내려가 범행하고… 아, 여기가 중요하겠군. 그냥 범행이 아니라 법의학 전문가가 자문을 해줬지. 숨이 끊어지지 않을 정도의 압박으로 목을 눌러라. 맨손이나 줄 같은 건 절대 안 되고 털실 목도리나 부드러운 박스 같은 걸 대고 조여라. 그래야 액흔이 남지 않는다. 그래도 모르니 먹던 코냑을 목 부분에 뿌려라. 그렇게 하고 불을 지르면 죽기 직전까지 호흡을 하니 기도에 매가 들어갈 것이다."

"……"

"그 말을 들은 조민수가 범행 착수, 완전범죄로 수사 완료."

"……."

"그런데 이걸 어쩌나? 조민수가 곰곰 생각해 보니 채훈이 눈엣가시네. 이 인간이 언제 화근이 될지 알 수 없잖아? 그래서 다시 채훈까지 정리. 그 뒤처리도 자문 법의학자가 부검을 맡아 완전범죄."

"……."

"법의학자는 그 대가로 뻥튀기 펀드를 받아 수십억 사례. 권력과 재력에 붙어서 대박 행진을 계속하는 법의학자. 그런데 그 사람이 모르는 게 있더라고."

"……."

"황나래의 주검을 아는 채훈을 죽이고 보니 이제 남은 건 한 사람이네. 더구나 조민수의 아버지 조경국, 대권까지 바라보고 있는데 그 사람 과거의 여성 편력 범죄 또한 이 법의학자가 알고 있어요. 당신이라면 어쩔까? 이미 셋이나 처리한 조경국 조민수인데 그냥 둬야 할까 한 번 더 수고를 해야 할까? 더구나 이제는 완전범죄법까지 다 배운 마당인데?"

"……."

"윤 검사, 그 법의학자 이름이 뭐야?"

장혁이 윤 검사에게 시선을 돌렸다.

"신라의대 교수 송대방이라고 하더군요."

쩌억!

두 검사의 팩트 체크에 송대방이 흔들렸다. 눈동자는 터질 듯이 커졌고 숨소리도 나지 않았다. 아드레날린이 폭발할 듯이 쏟아지는 것이다.

"자, 송대방 교수님. 이제 승부가 난 것 같지 않습니까? 부검 조작으로 갈까요? 아니면 살인 공모로 갈까요? 전자라면 뭐 조금 고생하다 나오면 될 테고, 후자면 남은 생 전부를 교도소에서 썩게 되겠죠. 솔직히 당신도 부검하시니 알겠지만 요즘 대한민국 유사 이래 최고의 부검의가 탄생했습니다. 이창하라고… 아시죠? 미국에서도 고개를 젓던 미궁 살인 해결한 국과수 뉴 페이스. 그 검시관이 당신 부검 집도 건 전부 정밀 체크 하면 조작 건이 더 나올까요? 안 나올까요?"

"……."

"생각할 시간은 5분 드리죠. 우리가 지금 굉장히 바빠서 말입니다."

장혁이 돌아섰다. 윤 검사 역시 일말의 주저도 없이 그 뒤를 따랐다. 그러자 송대방이 허공을 휘저으며 절규를 터뜨렸다.

"부어어어!"

"입 보호대 풀어드려요?"

장혁이 물으니 송대방이 고개를 끄덕거렸다.

"어후!"

보호대가 제거되자 송대방은 날숨부터 토해냈다. 그리고 바로 백기를 들었다.

"조민수 사장에게 부검 조작 부탁을 받은 거 맞소."

송대방이 고개를 떨군다. 반대로 장혁과 윤 검사는 눈빛으로 통쾌한 하이 파이브를 나누었다. 마침내 수사의 물꼬를 제대로 트는 장혁이었다.

바아앙!

늦은 밤, 창하의 차가 커브를 돌았다. 장혁에게서 들어온 긴급 요청 때문이었다.

"알겠습니다."

창하는 두말도 않고 길을 나섰다. 송대방의 부검 조작. 그건 검시관 전체 명예와도 상관이 있었다. 게다가 창하로부터 비롯된 일. 수사는 검찰이 하지만 발단은 창하였기 때문이다.

골목을 접어들자 작은 상가가 나왔다.

"이 선생님."

길가에 나와 있던 장혁이 다가왔다.

"좀 늦었죠?"

창하가 내렸다.

"천만에요. 딱 15분 걸렸으니 비상 출동 수준입니다."

"그런데 무슨 일이신지?"

"저기 홍탁집 보이죠?"

장혁이 뒤쪽 술집을 가리켰다.

"예."

"안에 우리 부장님과 지검장님, 그리고 검찰총장님께서 와 계십니다."

검찰총장?

창하가 고개를 들었다. 검찰총장이라면 파워 빅 쓰리로 불리는 검찰, 경찰, 국세청 중에서도 최고봉에 속하는 사람.

"무슨 문제가 생겼습니까?"

"조경국 부자 영장 문제입니다."

"안 되는 겁니까?"

"그럼 선생님 부르지도 않았죠."

"검사님……."

"제 선에서 해결하고 싶었지만 정치적인 역학 관계가 얽혔습니다. 법무부 장관이 조경국 지지 모임 리더 중의 한 사람입니다."

"법무부 장관이?"

"원래 검찰에는 사안이 중대한 건에 대해서 장관에게 보고하는 관례가 있습니다. 과거 국과수와 경찰청의 관계와 유사하다고 할까요?"

"……."

"장관에게 보고가 들어가면 이 일은 허사가 됩니다. 영장 청구도 못 하게 할 테고 그 안에 조경국 부자가 반격 여론을 조성할 테니까요."

"그럼 어떻게 하시려고?"

"말씀드렸잖습니까? 우리 부장님과 저, 목숨 걸고 시작한 일이라고."

"......"

"다행히 검찰총장님은 대통령이 임명한 분이지만 법 수호에 투철하신 분입니다. 그러나 사안이 워낙 중대하다 보니 이 선생님의 직접 설명을 듣고 싶으시답니다."

"저요?"

"그러니까 조경국 부자의 영장 청구와 집행은 이제 선생님에게 달렸다고 할 수 있습니다."

장혁이 잘라 말했다.

제11장
—
검시관 위의 검시관

드륵!

문이 열렸다. 복도 끝의 방은 세월의 땟물이 끈적했다. 방에 앉은 사람은 모두 셋이었다. 검찰총장과 지검장, 그리고 주황호 부장검사…….

"이창하 선생 모셔왔습니다."

장혁이 총장에게 보고했다. 총장이 우묵한 눈빛을 세웠다. 가벼운 목 인사로 그와의 첫 대면을 시작했다. 테이블에는 홍어애보리국과 약간의 홍탁, 그리고 동동주가 있었다. 잔은 채워졌지만 다들 그대로인 것으로 보아 입만 대고 만 모양이었다. 그만큼 심각한 자리였다.

"한 잔 받으시겠소?"

총장이 동동주 표주박을 집었다. 사양하기도 뭣해 받아는 두었다.

"우리 검사들에게 이야기는 들었으니 핵심만 짚고 갑시다."

총장이 묵직한 포문을 열었다.

"송대방이라고 했소? 부검 비리를 주도한 대학교수가?"

"예."

"보고서에 의하면 세 가지 의혹이 있다고 되어 있더군. 조경국 의원과 내연관계에 있던 여자의 사인 조작, 조민수에 의한 아내 사인 조작, 조민수에 의한 아내 교살 협력자 사인 조작……."

"그렇습니다."

"아들 조민수에 대한 건은 상세 보고를 보았습니다만 조경국 의원은 어떻습니까?"

조경국.

그 이름에 방점이 찍혔다.

조민수도 거물이지만 조경국은 유력 대권주자. 검찰로서도 부담이 가지 않을 수 없는 이름이었다.

"이 검사님, 인수현 자료 가지고 계시죠?"

"예."

장혁이 아이패드를 꺼냈다. 그 안에는 국과수에서 압수한 송대방 관련 부검 서류와 사진들이 들어 있었다.

"인수현 파트입니다."

파일을 연 장혁이 아이패드를 창하에게 건네주었다.

"부검대에 있는 이 시신이 인수현입니다."

창하가 화면을 총장 쪽으로 돌려주었다. 지검장과 주황호 부장의 시선도 거기로 모였다.

"당시 부검 결과는 급성심근경색으로 인한 병사로 처리되었습니다."

"……."

"부검의의 판단은 외표와 내부에 다른 질환의 소지가 없고 심내막의 경색과 심근섬유의 손상 소견을 심근경색의 근거로 삼고 있습니다. 실제로 인수현의 심내막은 약간의 염증과 함께 경색의 소견이 있고 심근섬유 또한 손상된 곳을 볼 수 있습니다."

"그렇다면 부검 결과가 합당한 것 아니오?"

"부검 결과만 보면 그렇습니다만 당시 인수현은 마약류를 비롯한 약물 복용 의심을 사고 있었습니다. 문제는 그에 관련된 검사를 하지 않았다는 거죠."

"이유는?"

"역시 심근경색이기 때문이죠. 사망원인이 명백할 때 기타 검사의 선택은 부검의가 갖게 되니까요."

"그렇다면 무엇이 문제라는 겁니까?"

"첫째는 역시 심근경색입니다."

"……?"

"이 부검은 너무 광속으로 진행이 되었습니다. 경찰 서류상으로는 8시간 후였다고 하던데 아닌 것으로 나왔죠? 새벽에 변사체로 발견되기 무섭게 국과수로 옮겨 왔고 바로 부검에 착수하게 됩니다. 사망에서 부검대까지 올라가는 데 걸린 시간은 5시간도 되지 않습니다."

"……."

"심근경색증은 보통 사망 후 8~12시간, 심지어는 24시간 정도까지도 부검의의 육안으로 특별한 소견을 보는 게 불가능합니다. 심근경색이라는 게 자각증상 없이도 사망이 가능하고 관상동맥이 혈전에 막히면 심근경색증의 소견을 보지 못하는 게 당연할 정도니까요. 그래서 사망 시각을 조작한 모양인데 누구도 그걸 신경 쓰지 않았죠."

"방금 소견이 있었다고 하지 않았습니까?"

"있죠. 송대방 교수가 내세운 심내막의 경색과 심근섬유의 손상."

창하의 손이 화면을 바꾸었다. 부검 중의 심장이 나왔다. 다음 사진은 심장에 메스를 댄 그림이었다.

"이게 심내막의 경색과 심근섬유의 손상으로 기록한 부검 과정인데……."

거기까지 설명하고 핸드폰을 꺼내 드는 창하. 이번에는 자기가 가지고 있는 자료를 열어놓았다.

"보시죠. 거의 같지 않습니까?"

창하가 핸드폰 화면을 아이패드 옆에 놓았다. 부검을 모르는 사람이 보아도 거의 같은 그림이었다.

"그건 모르핀 중독으로 죽은 사람의 심장 부검 사진입니다. 모르핀으로 죽으면 심장내막염이 생기는데 사망자의 상태에 따라서 거의 비슷한 그림이 나오게 됩니다. 즉, 인수현은 심근경색이 아니라 모르핀으로 죽었다는 겁니다."

"……?"

"다른 기록을 보면 대장 안에 마른 변 소견이 나옵니다. 변비 또한 모르핀 증세의 하나죠."

"……"

"하나 더 붙이면 여기 호흡기 쪽입니다. 기도와 폐가 폐쇄된 걸 볼 수 있을 겁니다. 호흡의 억제 역시 모르핀 증세 중의 일부입니다."

"……"

"마지막으로 여기 오른손 팔오금 부분의 긁힌 흉터들… 모두 세 줄인데 자세히 보시면 오금의 정맥에 가까운 상흔과 다른 두 개가 다른 것을 볼 수 있습니다. 다른 상처를 내어 주의를 분산시켰지만 정맥 주변의 것은 명백한 주사 자국들입니다. 딱지로 보아 3일에 한 번 정도 투약했다고 볼 수 있습니다."

"……"

"모르핀은 음주와 함께 투여하면 평상시의 용량으로도 사망할 수 있습니다. 더러는 주사 도중에 급사하는 아나필락시스 반응도 나타나죠. 오른손잡이인 인수현의 오른손 팔오금에 주사 자국이 있다는 건 누군가 주사를 놔줬다는 뜻입니다. 오른손잡이가 자가 투여를 하려면 왼손 팔오금이어야 하잖습니까?"

"……"

"나머지는 제가 설명드리겠습니다."

거기서 장혁이 나섰다.

"그날 인수현은 연예인 동료의 생일 파티에 참석합니다. 샴페인 몇 잔과 위스키 작은 것 한 병을 칵테일 타입으로 마셨다고 하더군요. 자정 무렵 좋은 분 만나야 한다고 친한 친구에게 귀띔하고 슬쩍 일어납니다. 그리고 새벽 1시 40분에 한남동 오피스텔에 도착합니다. 이 오피스텔에는 통로가 네 곳인데 현관 로비에만 CCTV가 있어 전체 출입자는 알 수 없지만 그로부터 24분 후에 조경국의 세단이 지상 주차장으로 들어왔다가 1시간 50분 후에 나갑니다. 이후 안수현은 6시 5분, 지방 촬영을 위해 찾아온 매니저에 의해 시체로 발견됩니다. 아쉽게도 조경국은 당시 수사 선상에도 오르지 않았는데 이유는 외부 침입 흔적이 없고 사망자의 외관상 성폭행을 당한 흔적이나 도난품이 없다는 게 이유였습니다. 나머지는 이창하 선생님이 말한 그대로입니다."

"당시 매수당한 부검의의 자백을 확보했다?"

"거기에 더해 이번에 문제가 되는 황나래에 대한 성추행 영상도 확보되었습니다."

"허엇."

검찰총장이 쓴웃음을 지었다.

"조경국 의원이라……."

그가 장고에 들어간다. 그럴 수밖에 없는 거물이었다.

"잠깐만 기다리시게."

10여 분 후에 총장이 일어섰다. 밖으로 나가더니 역시 10여 분 후에 돌아왔다.

"총리와 통화를 했네."

"……?"

창하를 비롯한 일동이 귀를 쫑긋 세웠다. 국무총리?

"법무부 장관이 알면 영장이고 뭐고 당장 자네들 목을 치려고 할 걸세. 기왕 벌이는 일이라면 무모하게 나갈 수는 없지 않은가?"

총장의 목소리가 조금 밝아졌다. 창하와 장혁의 머리도 딱 그만큼 밝아졌다.

"현재 각료들의 성향을 보자면 총리만이 법무부 장관과 대립각이라네. 그분 역시 대권주자로 꼽히지만 아직 대권 선언은 하지 않은 상황. 이 일이 공론화되면 청와대의 개입이 나올 테니 법무부 장관의 폭주를 견제해 줄 사람은 총리밖에 없으시네."

"……."

"나하고는 막역하신 분이라 상의를 했는데 역시 나보다는 그릇이 크시군. 물증이 있다면 후폭풍이 크다고 해도 사법 처리의 길을 가는 게 검사의 직분이 아니겠냐고……."

"총장님."

장혁이 먼저 반색을 했다.

"칼 뽑아보세. 우리 부검의 선생조차 정의의 메스를 뽑았는데 검찰이 정권 두려워서 쫄면 대대로 쪽팔리지."

"총장님."

"뭐 하나? 내 마음 바뀌기 전에 빨리 뛰지 않고?"

"감사합니다. 총장님!"

천둥처럼 대답한 장혁이 먼저 뛰었다.

"이 선생님."

밖으로 나온 장혁이 창하를 끌어안았다.

"진짜 수고하셨습니다."

"수고야 이 검사님이 하신 거죠."

"아뇨. 오늘이 고비였거든요. 이 고비 못 넘으면 도로 아미 타불 되는 거였단 말입니다."

"앞으로도 만만치는 않을 텐데요?"

"그렇겠죠? 하지만 우리는 움직일 수 없는 증거가 있습니다. 송대방의 자백과 황나래의 재부검 말입니다."

"황나래……."

"그쪽 보호자들의 허락은 이미 구해놓았습니다. 이제 선생님이 피날레 준비를 해주세요."

"제가 부검하는 겁니까?"

"객관성을 위해 공동 부검으로 갈 수 있습니다. 조경국이 찍소리 못 하도록 말입니다. 그러나 메인은 누가 뭐래도 선생님입니다. 선생님이 있기에 우리가 목숨 걸고 밀어붙인 거니까요."

"검사님……."

"대권 후보고 연예 기획사 대표고, 두 얼굴의 위선자들 한 번 부숴봅시다. 검찰의 칼과 국과수의 메스를 합쳐서 말입니다."

"그럼 쌍칼이 되나요?"

"예, 쌍칼… 그 정도면 조경국 부자 잡을 수 있지 않겠습니까? 차 팀장도 측면 지원 하겠다고 했습니다."

"든든하네요."

"그럼 저희는 영장 집행하러 갑니다."

장혁이 손을 들어 보였다. 창하 역시 손을 들어 답례를 했다. 장혁의 차가 경적을 울리기 시작했다. 조경국 부자의 숨통을 조여가는 저승사자의 포효가 거기 있었다.

일대 폭풍!

대한민국에 한바탕 광풍이 몰아쳤다. 미궁 살인과는 댈 것도 아니었다.

「유력 대권 후보 조경국 연예인 살인 혐의 전격 구속영장」
「구속적부심사 청구기각」
「조경국 의원의 외아들 조민수 SS기획 대표 황나래 살인 혐의
동반 구속」
「조경국 부자 부검 조작 사주로 살인 은닉」
「황나래 재부검 결정」
「조경국 진영, 정치 모략으로 규정하고 중대 결심 선언」
「국과수 검시관 출신 송대방 교수 범행 일체 자백」
「인수현 마약 과용사」
「황나래 액사 의혹」
「조민수 대표, 알리바이 대타로 쓴 채훈 살인 교사 혐의 추가」
「SS 엔터테인먼트 비서실장 전격 체포, 검찰 철야 심문 중」

황나래 재부검.
조경국 조민수 부자.
사인 조작.
국과수.
검시관.
SS기획.
채훈.

송대방.

마약 과용.

인터넷과 검색어는 순위를 바꿔가며 대한민국을 흔들었다. 조경국은 최상의 진용으로 변호인단을 꾸렸지만 송대방의 증언에 따른 증거들 앞에 갈피를 잡지 못했다.

나아가 폭풍 '미투'까지 한몫을 했다. 조경국과 조민수, 피는 속이지 못한다더니 엄청난 여성 편력이 있었다. 그들의 권력에 숨을 죽이던 성폭행 피해자들이 하나둘 커밍아웃을 해왔다. 방송이 나서서 검증까지 해주니 장혁에게 그만한 원군이 따로 없었다.

「쓰레기들」

「성추행 왕국」

「퇴출 축출」

「SS 음원 불매 운동」

여론은 완전히 검찰 쪽으로 기울었다. 결국 조경국의 입에서 절반의 시인이 나왔다.

"그날 밤 인수현을 만나기는 했다. 당시 회사 모델로 기용했던 인연이었는데 차 한잔 드린다고 사정해서 잠시 마시고 간 것뿐이다. 그러다 급사했다는 소식을 듣고 젊은 요절이 애처로워 송대방 검시관을 만나 잘 부탁한다고 말한 게 전부다."

「비겁한 법꾸라지」

장혁이 그냥 넘어갈 리 없었다. 그가 제시한 증거들은 단계별 대응책이 따로 있었다. 조경국쯤 되는 거물이니 변호인단의 반론이 상당할 것으로 예상하고 있었던 것.

다음에 제시한 건 송대방에게 건넨 회유 자금과 대학교수직 제의, 나아가 퇴직 후에 사준 아우디였다.

"돈을 건넨 건 당시 국과수 검시관들이 너무 열악한 상태에서 일하는 걸 알게 되어 격려 차원이었고 대학교수직은 지인 총장과 통화하다가 지원 사실을 알고 농담 삼아 잘 봐달라고 했다. 아우디는 내 집에 남는 차라서 잠시 빌려줬던 것뿐."

한 번 더 언어의 유희를 벌인다.

거기서 황나래의 영상을 흘려놓았다. 고인이 된 황나래를 안마를 빙자해 밀착하는 장면이었다. 원본에는 눈을 뜨고 있었는데 인터넷에 유출된 지 얼마 되지 않아 뉴 버전이 나왔다. 눈을 감고 음미하는 버전에 황나래의 히프에 더욱 밀착시킨 장면, 심지어는 조경국의 옷을 벗겨놓은 것도 있었다.

"조작입니다."

조경국이 펄쩍 뛰었다. 그러나 그 말을 믿을 국민은 한 명도 없었다.

이제 검찰과 조경국의 대결은 황나래의 재부검에서 판가름이 나게 되었다. 만약 재부검 결과가 화재사로 나온다면 조경국의 반격을 피할 수 없었다. 양 진영의 사활이 걸린 한판이었다.

대권주자가 포함된 사안인 만큼 가장 객관적인 부검 팀이 꾸려졌다.

「검찰 측 추천 검시관—이창하」
「조경국 측 추천 검시관—문현국 박사」
「중립 검시관—뉴욕 검시 센터 센터장 닥터 젠슨」

부검 장소는 국과수가 아닌 문현국 박사의 KK대학병원 해부실.

창하.

이제는 반대로 장혁의 운명을 짊어지고 부검에 임하게 되었다.

＊   ＊   ＊

딸깍!

소장실 문을 여니 구병우 원장이 보였다. 소장과 과장도 동석하고 있었다. 목 인사를 하고 그 앞에 섰다.

"앉으시게."

원장이 소파를 가리켰다. 창하는 백 과장 옆에 자리를 잡았다.

"기분 어떤가?"

그가 물었다. 국과수의 수장. 초유의 사태에 서울 사무소로 달려왔다. 국과수에서 일어난 부검 조작 사태. 그 진실을 밝히러 가는 창하를 호출한 것이다.

착잡.

그들의 표정은 그랬다. 그나마 다행인 것은 국과수 검시관인 창하가 부검의에 지정되었다는 사실이었다. 만약 국과수가 배제된다면 대한민국의 부검을 책임지고 있는 국과수의 치욕과 다르지 않은 것이다.

"……"

창하는 대답하지 않았다.

「우리는 오직 과학적인 진실만을 추구한다.」

대한민국 국과수를 대표하는 말이다. 그러나 '오직'을 시작으로 '진실'까지 오명이 될 판이었다. 사실 송대방만의 문제는 아니었다. 방성욱의 눈으로 해부한 국과수의 부검은 능력 부족부터 시간 부족, 심지어는 송대방처럼 악의적인 왜곡까지 겹치면서 비틀어진 것들이 한둘이 아니었다.

부검은 죽은 자의 마지막 진료 과정이다. 두 번의 기회는 없다. 그렇기에 더욱 신중하고 더욱 정밀하며, 더욱 정확해야 했다.

국과수 초기의 오류들은 이해했다. 그때는 검시관 자체의 능력 부족이었다. 그러나 장비가 보강되고 환경이 좋아진 후까지 반복되면 안 될 일이었다. 그럼에도 이해의 범주를 벗어나는 부검이 있었으니 대표적인 게 엄상탁과 송대방이었다.

"저는 괜찮습니다."

창하의 대답은 간단했다. 정말 그랬다. 다행히 창하는 국과수에 온 지 얼마 되지 않아 크게 물들지 않았다. 누구로부터도 자유로운 것이다.

"이 선생."

"……"

"국과수의 일대 위기네. 그건 알고 있겠지?"

"……"

"뉴욕 검시관에 재야 검시관……."

"……"

"이제 보니 자네를 만난 건 천운이었군. 그게 아니라면 부검의로서 이번 사태를 꼼짝없이 지켜보면서 발을 구를 판이었네."

"……."

"어차피 이렇게 된 거 부검판을 주도해 주길 바라네. 흔들리는 우리 위상을 바로잡을 길은 그것밖에 없어."

"……."

"끝나는 대로 돌아오시게. 그때까지 기다리고 있겠네."

"……."

"부탁하네."

원장이 손을 내밀었다. 그 손은 잡았다. 소장의 손도, 백 과장의 손도 거푸 잡고 나왔다.

구병우 원장.

사실은 실망이었다. 이번 사태의 근본은 국과수 내에서 부검 조작이 가능했다는 것이었다. 국과수의 부검의들이 가담했다는 것이었다. 다시 말해 그도 책임에서 자유로울 수 없는 일이었다. 그럼에도 따가운 자책은 한마디도 나오지 않았다. 그라는 인간에 대해서는 잘 알지 못하지만 적어도 존경받을 부검의가 아닌 것은 확실해 보였다.

"선생님."

복도에는 여러 얼굴들이 나와 있었다. 원빈과 광배, 그리고 수아, 이문식, 박인애…….

"왜 나오셨어요?"

비로소 창하 입이 열렸다.

"왜 나오다뇨? 국과수 대표가 출정하는 판인데……."

수아가 얼음 그득한 아이스아메리카노를 내밀었다.

"시원하게 마시고 시원하게 부검하고 오세요."

"고맙습니다."

"아, 그리고 이건 여벌인데… 선생님이 말씀하신 CCTV 분석, 약간 진전이 있어요."

"그래요?"

무겁던 창하 얼굴이 밝아졌다. 백척간두의 긴장이 조금 풀려 나가는 소식이었다.

"잘하고 와라."

길관민도 창하 등을 두드려 주었다. 그래도 같은 병원밥 먹은 선배라고 그리 싫지는 않았다.

주차장으로 나오니 피경철이 보였다.

"타시게."

피경철이 자신의 차를 가리켰다.

"선생님?"

"국과수 대표잖아? 중요한 공무로 가는데 혼자 가게 둘 수 없지."

"선생님……."

여기서 긴장이 무너지며 콧날이 시큰해 왔다.

"어서? 지금 국과수가 미운털 박힌 판에 부검 시간 늦으면 국민들 시선 곱지 않아."

피경철이 조수석 문을 열었다. 군소리 않고 자리에 올랐다. 원빈과 광배, 수아 등이 차량으로 다가섰다.

부릉!

시동이 걸릴 때였다. 차 앞으로 권우재가 황급히 뛰어나왔다.

"이 선생."

조수석 창틈으로 그가 박카스 두 개를 넣어주었다.

"줄 게 이거밖에 없네. 피 선생님이랑 하나씩 마시고 가."

멋쩍게 웃는 그의 얼굴을 보며 박카스를 받았다, 그가 즐겨 마시는 음료. 국과수에 온 지 꽤 되었지만 처음으로 받아보는 창하였다.

"선생님, 파이팅!"

원빈의 함성을 들으며 정문을 나섰다.

"권 선생, 저 친구……."

피경철이 웃었다.

"예?"

"그거 권 선생이 내미는 화해의 제스처야."

"예?"

"그 양반, 자기 마음에 안 들면 그깟 박카스 하나, 절대로 안 주거든."

"그럼 선생님도?"

"그래. 나도 근래 들어서는 처음이라네."

"……."

"마시세. 그렇잖아도 국과수 뒤숭숭한 판에 우리끼리 각 세우며 살 필요 있나?"

피경철은 원샷이었다.

"괜찮군. 권우재표 박카스."

"그나저나 저 때문에 부검이 더 많이 배정되었을 텐데 배웅까지……."

"아침 일찍 나와서 세 건 마쳤어. 남은 게 두 건인데 그리 어려운 것들 아니니 더 들어오지만 않으면 돼."

"선생님……."

"냅 둬. 늙은 선배들 집에 가도 할 일 없어. 그래서 사실 우리 나이쯤 되면 연가도 일부러 안 가. 갈 데도 없고 안 가면 연말에 돈이라도 되니까. 늙으면 돈이 힘이거든."

"선생님도……."

"내가 케케묵은 옛날얘기 하나 해줄까?"

"그러세요."

"임신한 여자가 죽으면 관 안에서 출산을 한다. 그런 말 들어봤나?"

"그건……."

"검시관 되고 3년쯤 지난 여름이었나? 모처럼 주말에 쉬고 있는데 지방 문중 어른에게서 연락이 온 거야. 빨리 좀 내려와 달라고."

'문중?'

"요즘이야 문중 그런 거 따지는 사람 별로 없지만 나 젊을 때만 해도 이름난 문중들이 꽤 있었지. 하지만 나도 그런 거에 큰 관심 없던 차였는데 검시관이 꼭 필요하다니 어쩌겠나? 자칫하면 문중 내에 칼부림 나게 생겼다는데……."

"……."

"알고 보니 우리 문중의 며느리 한 사람이 임신 중에 농약을 마시고 죽은 거야. 그게 문제가 된 일이었지."

"……."

"넓은 문중 대문 앞에 도착하기 무섭게 안에서 육두문자가 흘러나오더군."

"야, 이놈아. 이게 독살이 아니면 뭐가 독살이냐?"

"말조심하세요. 독살이라뇨?"

"아니면 왜 부검을 못 해?"

"우리 집 며느리입니다. 저렇게 죽은 애를 두 번 죽이란 말입니까?"

"이놈아, 네 며느리이기 전에 내 처제의 여식이다. 내 모를 줄 아느냐? 이놈아, 아들 못 낳는다고 온갖 구박에 면박을 하다가 결국 후처 들이려고 독살한 거. 이놈이 아주 인간 말종일세?"

"말 같잖은 소리들 할 거면 다들 돌아가세요. 내 며느리 장례 내가 알아서 합니다."

폭풍 논쟁 속으로 피경철이 들어섰다.

"사안은 대충 그랬네. 착한 며느리였지만 딸만 내리 셋을 낳았다더군. 그때까지만 해도 어른들은 대가 끊기네 마네 하면서 남아선호사상이 강했지. 그렇게 구박받는 모습이 안쓰러웠던 친정 쪽에서 의심을 하게 된 거야. 장례 중에 그 한 사람이 병풍 뒤로 몰래 돌아가 관을 열어보았던 모양이야. 그랬더니……."

아아악!

그가 비명을 지르며 쓰러졌다. 문중 안의 대립과 오해, 충돌이 시작된 순간이었다.

"기종상이었습니까?"

듣고 있던 창하가 물었다.

"역시 아시는군."

창하를 돌아본 피경철이 조용히 말을 이었다.

"그때만 해도 입관하고 집에서 장례를 치르던 사람들이 있었지. 날씨는 더운 여름, 열린 관 안에서 드러난 며느리의 표정은 그 친가 쪽 사람들의 오해를 사기에 충분한 모습이었네. 부패로 인한 악취는 둘째 치고 얼굴이 압권이었던 거야. 두 눈이 터질 듯 부릅떠져 있고 혓바닥까지 돌출… 게다가……."

"부패 가스의 압력으로 아기가 나왔군요?"

"맞아. 그러니 이 상주들이 얼마나 놀라겠나? 한쪽에서는 독살이 맞다고 난장을 치고 또 한쪽 역시 관에 넣을 때의 모습과 너무 다르니 궁지에 몰려 나를 초빙하게 된 거야. 어차피 국과수 사람이니 거기로 싣고 가 부검을 하는 것보다는 낫다고 생각한 거지."

그때는 그랬다. 아니, 지금도 많은 경우 그렇다. 한국인들은 부검을 두 번 죽음으로 여기는 경향이 강하다. 그래서 웬만하면 부검을 하지 않으려는 쪽이었다.

"여러 정황을 보니 독살은 아닌 것 같았어. 그래서 차근차근 설명을 드렸지. 사람이 죽으면 모든 신체 활동이 정지되지만 장내세균은 여전히 살아서 움직인다. 그것들이 혈관까지 다 파먹고 나면 내부의 부패 가스가 한계치에 도달한다. 가스 때문에 배가 빵빵하게 불러오고 눈알을 밀어내고 혀를 밀어낸다. 결국 그 압력이 자궁 속 아기까지 밀어낸 것이다."

"……."

"그런데 거기 기막힌 반전이 있었네."

"반전요?"

"애석하게도 죽어서 나온 아기가 사내였어. 딸만 셋을 낳아 시어머니 구박을 받았던 며느리… 나중에 듣고 보니 어디 가서 점을 보고 왔다네? 내 짐작이네만 선무당이 또 딸이라고 하지 않았나 싶어. 그러니 또다시 닥쳐올 비난이 무거워 농약을 마신 거고……."

"……."

"어쨌든 아들이 나오니 시어머니가 까무러친 거야. 며느리 영정 근처에도 오지 않던 사람이 울며 기어 와 영정을 안고 피눈물을 흘리더라고. 자기가 잘못했다고."

"……."

"덕분에 두 패로 갈라졌던 문중 사람들도 다시 협력하게 되었지. 말하자면 전화위복이자 환골탈태의 기회가 되었다고나 할까?"

이야기를 맺은 피경철, 창하를 바라보며 조용히 웃었다. 그냥 옛날이야기가 아니다. 시사하는 바가 있는 것이다.

창하에게 건네는 환골탈태의 의미. 그것은 국과수 부검의를 천직으로 살아온 그의 바람이기도 했다. 미꾸라지 한 마리로 인해 모든 부검의들의 땀과 노력을 오염시키고 싶지 않은 소박한 마음…….

'걱정하지 마세요. 국과수에는 송대방 같은 부검의들만 있는 게 아니라 선생님처럼 투철한 사람도 있다는 거. 반드시 각인시키도록 하겠습니다.'

부검 장소로 지정된 병원 앞에서 창하가 마음으로 답했다.

"이창하 검시관님."

차에서 내리자 병원 앞에 몰려 있던 기자들이 몰려들었다.

하 수사관과 최 수사관이 길을 내려 하지만 쉽지 않았다.

"오늘 부검 어떻게 보십니까?"

"부검 조작 증명이 가능하다고 봅니까?"

쏟아지는 마이크를 피해 안으로 들어섰다.

"헬로우!"

부검실 옆에 마련된 대기실, 미리 와 있던 혹인 검시관이 손을 내밀었다.

"코리아 부검의 에이스라고요? 만나서 영광입니다."

"저도 영광입니다."

창하가 그 손을 잡았다.

젠슨.

그는 창하를 모르지만 창하는 그를 알았다. 방성욱 덕분이었다. 젠슨은 한때 방성욱의 동료였다. 뉴욕이 테러리스트의 공격을 받아 건물 두 채가 폭파되었을 때 그 참혹한 현장을 함께 지휘한 사이이기도 했다. 더불어 현재는 전미를 통틀어 화재사 검시의 1인자로 꼽히는 젠슨……

이어 조민수 측이 내세운 원로 검시관 문현국과도 악수했다. 그의 표정은 차갑기 그지없었다.

잠시 후 장혁과 윤 검사, 그리고 조경국이 내세운 변호사 한 사람이 들어섰다. 그 뒤로 방송국 카메라도 들어왔다.

"사안의 중대성에 따라 객관성을 확보하기 위해 부검 전 과정에 취재를 허용하게 되었습니다. 부검에는 일절 방해되지 않게 할 것이니 염려하지 말아주십시오."

장혁의 선언이 나왔다. 여론이라면 이미 둘로 갈라선 나라. 내 편의 말이 아니면 진리조차 가짜 뉴스로 치부하거나 진영 논리로 넘기는 세상이었다. 검찰의 고민을 엿볼 수 있는 동시에 속 시원한 조치이기도 했다.

"사인 분석에 필요한 모든 검사의 준비는 완료되어 있습니다."

장혁이 진행에 관한 몇 가지 부대 사항을 알려주었다.

"그럼 시작할까요?"

장혁이 부검실을 가리켰다. 세 부검의에게는 부검복과 마스크, 라텍스 장갑 등이 주어졌다. 손샅을 밀어 장갑을 밀착시킨 창하가 천천히 걸음을 옮겼다.

황나래.

두 번 죽는 것이 아니다.

억울하게 묻힌 진실을 밝힐 수 있는 기회를 얻은 것이다.

송대방을 죽이기 위한 것도 조민수 부자를 죽이기 위한 것도 아니다.

검시관은······.

오직 죽은 자, 그 사인의 과학적 진실만을 위하여.

창하는 마침내 관에서 나온 황나래와 마주치게 되었다.

*　　　*　　　*

젠슨이 메인 집도.

프로세스는 그렇게 정했다. 검찰의 강압이나 권유는 없었다. 오직 세 검시관의 합의였으니 젠슨의 명망이 한몫을 했고 문현국 역시 그와 안면이 있던 차라 흔쾌히 수락을 했다. 창하 역시 같은 생각이었다. 문현국처럼 미국 연수에서 만난 인연 같은 것은 없지만 누구보다 젠슨의 인품과 실력을 아는 까닭이었다.

하지만!

그 합의는 부검대 앞에서 깨졌다. 창하가 꺼내놓은 개인 메스 때문이었다.

"……?"

도구를 살피던 젠슨의 눈빛이 출렁 흔들렸다.

"이 선생님."

"예?"

창하가 고개를 들었다.

"그 메스… 좀 볼 수 있을까요?"

"그러시죠."

창하가 메스를 넘겼다. 그걸 받아 든 젠슨의 손이 파르르 경련을 했다. 젠슨의 시선은 메스의 손잡이에 있었다. 거기 조각된 두 개의 작은 백택 조각… 거기 꽂힌 시선이 떨어지지 않았다.

"이 메스……."

그새 젖은 시선으로 창하를 바라본다.

"혹시 닥터 방의?"

"맞습니다."

창하가 답했다.

"맙소사, 닥터 방……."

젠슨의 어깨가 우르르 떨었다. 그가 잊을 리 없는 방성욱이었다.

"어떻게 된 거죠? 이 메스를 어떻게 당신이?"

"그분의 유지를 받든 분이 가지고 계시다 제게 주셨습니다."

"유지?"

"……."

"그러고 보니 당신이 한국에서 일어난 기묘한 심장 살인마의 살인 기법을 밝혀낸?"

"맞습니다. 그분이 이창하 검시관님입니다."

뒤에 서 있던 장혁이 대신 대답했다.

"오, 마이 갓… 닥터 방의 예지가 이렇게 들어맞다니……."

젠슨의 사지가 후들거린다. 당혹스러운 건 문현국뿐이다. 그리고 그 당혹을 증폭시키는 발언이 젠슨의 입에서 나왔다.

"문 선생님."

"예, 닥터 젠슨."

"제 부검 실력을 믿으니 메인 부검의가 되어달라고 하셨죠?"

"예."

"그런데 여기 저보다 더 뛰어난 부검의가 있습니다."

"……?"

"이창하 선생이 바로 그 사람입니다."

"젠슨?"

"이 메스 말입니다. 이건 아주 특별한 메스입니다. 뉴욕 검시 역사상 최고의 칼잡이였던 방성욱이라는 친구가 쓰던 거죠. 제게는 친구이자 스승 같은 사람이었는데 한국의 부검을 이끌어보겠다며 한국으로 떠난 후 안타깝게도 에볼라바이러스에 희생되어 아까운 목숨을 잃었습니다."

"……."

"동양의 전설 같은 이야기지만 그가 말했죠. 이 메스는 나의 분신이다. 누군가 이 메스를 쓰고 있다면 그가 곧 나이거나 나 이상임으로 알아라."

"젠슨……."

"농담으로 한 번만 사용해 보자고 해도 절대 허락 않던 친구입니다. 그런데 그 메스를 가진 사람이… 오오, 하느님… 이 무슨 벼락 같은 축복의 날입니까?"

"……."

"부탁입니다. 저는 이 메스의 부검을 보고 싶습니다. 게다가 이창하 선생, 나이는 어리지만 이 자리에 불려 온 것으로 보아 한국에서도 공인된 바겠지요?"

"그건······."

"안 되겠습니까?"

젠슨의 시선이 문현국을 겨누었다. 진심이 줄줄 흐르는 표정이었다.

문현국.

재야와 시민 단체 추천이라지만 따지고 보면 심정적으로 조경국에 가까운 검시관. 국과수와는 원하는 갈래가 다르지만 젠슨에게는 우호적이었다. 내심 존경까지 하는 마당에 나온 부탁이니 거부하지 못했다.

"그렇게 하시죠."

문현국의 동의가 나왔다.

"들으셨죠?"

젠슨이 창하에게 백택의 메스를 건네주었다. 뒷줄의 장혁 입가에도 환한 미소가 스쳐 가는 순간이었다.

젠슨과 문현국의 커리어에 비하면 조족지혈에 불과한 창하. 두 권위자의 수락하에 메인 칼잡이가 되었으니 젠슨과 자리를 바꾸게 되었다.

끄덕!

젠슨이 고갯짓으로 시작을 권했다.

"오전 10시 16분, 황나래 재부검 시작합니다."

창하의 선언이 나오자 두 부검 어시스트들이 흰 천을 걷었다. 관 속에 있던 황나래의 모습이 고스란히 드러났다.

황나래.

'후우.'

일단 안도의 숨부터 나왔다. 부패를 지나 시랍화가 진행되고 있지만 그렇게 심하지 않았다. 상태가 나쁘지 않은 것이다. 이는 아이러니하게도 조경국의 재력 덕분이었다. 그들이 죽었지만 그 집안의 사람이었으니 성대한 장례를 치렀다. 연예계의 이목도 있어 관과 묘의 위치도 좋았다. 매장 인부 또한 특급으로 썼으니 관이 깊이 묻혔다. 모든 것이 끝났다는 안도감. 이것이 조경국 부자에게 부메랑으로 돌아온 것이다.

정직원은 아니었지만 국과수 부검대에서 처음으로 보았던 시신. 따지고 보면 국과수에서 본 시신 중에서 창하가 부검하지 않은 최초의 시신이기도 했다. 황나래의 입장에서는 그게 아쉬웠을까? 결국 창하의 메스를 받게 된 것이다.

─내 주검의 진실을 밝혀주세요.

그렇게 말하는 듯, 황나래의 목은 창하 쪽으로 살짝 기울어 있었다.

늘 그렇듯이 외표 검사부터 진행했다. 목을 중심으로 온몸으로 번진 탄화는 더 이상 번거롭지 않았다. 이런 기회가 온 것이 어디란 말인가?

외표에서 중요한 건 후두부의 상흔이었다. 그건 아직도 확인할 수 있었다. 아쉬운 건 목의 액혼이다. 그때도 화상 때문에 구분하기 힘든 것들. 부패가 진행되었으니 외관으로는 확인할 길이 없었다.

손톱 사이를 꼼꼼히 체크하고 작은 티끌이라도 면봉으로 닦었다. 코에도 면봉을 넣어 매의 검증에 들어가고 귀 역시 빼놓지 않았다.

다음은 입, 잘 벌어지지 않는 턱을 단숨에 벌려놓고 안을 살핀다. 창하의 손이 움직일 때마다 젠슨은 가벼운 감탄을 쏟아냈다. 저 나이에 저보다 노련할 수 없었다. 억지로 힘을 가하는 게 아니라 시신의 관절을 달래주는 손길이었다.

'방성욱……'

그 이름이 더욱 선명해지는 젠슨이었다.

여기서 첫 개가가 나왔다. 치열의 저 끝, 어금니 뒤에 작은 이물이 보인 것이다. 이빨 사이 하나하나를 빼먹지 않고 공략하던 창하의 정밀함 덕분이었다.

"뭐가 있습니다."

창하가 두 검시관의 확인을 받았다. 검체를 문현국이 꺼냈다. 핀셋 끝에 물린 이물은 1㎝도 되지 않았다. 실험 접시 위에 놓고 보니 합성수지 조각이었다.

"피규어 조각일 겁니다. 황나래의 집에는 미니 피규어가 많았거든요."

창하가 답을 내놓았다. 즉각 분석실로 옮겨졌다. 이 조각은 사랑니 덕분에 찾았다. 황나래는 아래 사랑니 두 개를 발치한 전력이 있었다. 그렇기에 어금니 뒤쪽 공간이 많았다. 그 뒤에 끼어 있었기에 송대방이 첫 부검 때 찾아내지 못한 것이다.

사망자 입안에 미니 피규어 조각.

"미니 피규어 컬렉터……? 아무리 그렇다고 죽는 순간 자기 입으로 쑤셔 넣을 리는 없지요."

젠슨의 판단력이 반짝거렸다. 그 뜻을 아는 창하가 식염수를 적신 거즈를 입에 넣었다. 조직이 조금 촉촉해지자 면봉 수색대가 나섰다. 누군가 강제로 입에 쑤셔 넣은 거라면 DNA 흔적이 나올 수도 있었다.

정밀검사를 넘기고 가슴에 메스를 댔다. 한 번 메스가 지나간 길이다 보니 쉽게 열렸다. 장기들은 대략 녹아가고 있었다. 그래도 아직은 검사할 만한 수준이었다.

'황나래 씨…….'

창하가 그녀의 얼굴을 바라보았다.

'한 번만 더 참아주세요.'

장기 하나하나를 따로 떼어냈다. 심장, 좌폐, 우폐… 각각의 장기들은 세 검시관이 각각 체크를 했다. 그러나 결과만은 의견을 맞추고 넘어갔다. 부검 후에 서로 다른 소리를 내면 곤란한 것이다.

"……!"

마침내 간을 덜어내고 메스를 넣던 창하의 시선이 꿈틀 흔들렸다.

"닥터 젠슨, 그리고 문 선생님."

창하가 간을 트레이 안에 내려놓았다.

"뭐죠?"

문현국이 먼저 반응했다.

"간에 암이 있는 것 같습니다."

"암이라고요?"

젠슨도 다가섰다.

"이 부분 말입니다."

창하가 간을 절개해 놓았다. 확실히 다른 구역과 구분되는 세포 배열이 보였다.

"이 정도면 초기 암일 거 같은데… 혹시 황나래 암 진단 자료도 있습니까?"

젠슨이 장혁에게 물었다.

"수사 자료에 보면 VIP 대우로 모 전문 검진 병원에서 진단을 받은 적이 있습니다. 하지만 조민수의 진술로는 알코올성 간 수치 외에는 큰 문제가 없었다고 들었습니다."

"그게 언제죠?"

"사망하기 한 달 전입니다."

"병원에 직접 체크해 주세요. 우리가 다시 확인하겠지만 이 정도 세포 괴사면 간암 판정이 나왔을 겁니다."

"알겠습니다."

장혁이 체크하는 사이에 간암 검사가 실시되었다. 조직 샘플은 창하와 문현국이 하나씩 따냈다. 그걸 조직검사 팀에 넘겼다. 각각의 샘플이 넘어가는 단계 역시 검찰과 시민 단체에서 내세운 의료진들이 꼼꼼히 체크를 했다.

"간암 맞습니다."

결과가 두 곳 동시에서 들어왔다. 황나래를 검진한 기관에서도 간암이었고 사체 간세포의 검사 결과도 간암이었다.

"확인해 봐."

장혁이 윤 검사에게 지시를 내렸다. 조민수는 검찰청에 있었다. 두 결과를 들이미니 추가 자백이 나왔다. 검사기관에 데려간 것은 조민수였다. 결과 통보도 조민수가 받았다. 초기 암이라고 하니 황나래가 걱정할까 봐 말하지 않고 좋은 의료진이나 치료 약을 알아보는 중이었다는 핑계가 나왔다.

황나래는 초기 알코올중독.

그러나 실상은 초기 간암.

조작된 빗장의 또 하나가 열리는 순간이었다.

알코올중독은 화재 원인으로 꼽히는 것이었다. 술에 취한 황나래가 코냑을 들고 침실로 갔고 촛불을 켜고 더 마시다가 잠듦, 이후 코냑 병이 쓰러지면서 촛불에 발화되어 불이 삽시간에 번졌고, 역시 술에 취해 잠든 까닭에 잠에서 깨었을 때는 이미 치명적. 사력을 다해 움직였지만 문 앞에서 숨이 끊김. 이것이 경찰의 판단이기 때문이었다.

그 뒷받침은 송대방과 지한세의 부검이었다. 통통 부어오른 간을 보고 알코올성 간 손상 쪽으로 갔으니 간암과 간경화, 알코올로 인한 간 손상의 징후가 유사하다는 걸 감안한 지능적인 조작이었다.

잇단 개가를 올린 창하. 계속해서 부검을 진행했다. 심장을 잘라보고 관상동맥도 잘라보지만 심장의 이상은 없었다.

공감.

젠슨와 문현국의 동의를 받은 후에 뇌를 열었다. 경막외출혈 소견이 일부 보인다. 하지만 사망에 이를 정도는 아니었다.

이제 창하의 메스는 시신의 목으로 내려왔다. 첫 부검이라면 30분에서 1시간 정도 기다려야 하지만 이제는 그럴 필요가 없었다.

'부디…….'

기도 같은 소망을 안고 목에 메스를 들이댔다. 좀 더 확실하게 하기 위해 아예 기도를 들어냈다.

구강—비강—기도—세기관지.

네 곳을 일목요연하게 확인하려는 의도였다.

기도의 매…….

있었다. 그러나 여전히 흔적에 불과했다. 구강과 비강의 매도 결코 심한 편은 아니었다.

"어떻습니까?"

젠슨이 문현국에게 물었다.

"……."

그의 고개가 갸웃 돌아갔다. 다른 사람도 아닌 젠슨 앞이었다. 허튼소리를 했다가는 그 자신의 수준을 까 보이는 셈이니 조심할 수밖에 없는 것이다.

다시 말하지만 죽은 다음에는 전신을 탄화시켜도 매가 나오지 않는다. 그러나 이 정도의 매 검출을 가지고 사망에 이르렀다고 보기는 무리였다. 그러자면 다른 지병이 있어야 했다. 그렇다면 그 지병이 화재로 악화되어 죽음에 이르게 할 수 있었다. 하지만 황나래에게서 나온 것은 간암 초기. 화재 시에 온몸의 생존 활동을 막을 정도는 아니었다.

"계속하죠."

젠슨이 창하를 바라보았다. 창하의 손이 설골을 잡았다. 순간 기도했다. 더도 말고 덜도 말고, 창하가 보았던 사진의 증명만큼만 온전해 달라고…….

꿀꺽!

마른침을 넘긴 사람은 장혁이었다. 검시관들 어깨 너머에 있지만 그도 긴장할 수밖에 없었다. 창하에게 들은 바가 있기 때문이었다.

순간, 설골이 나온 그 순간.

"……!"

젠슨이 눈빛이 흔들리고.

'억!'

문현국은 안으로 비명을 삼켰다.

*   *   *

설골의 골절은 완연했다. 젠슨이 다가와 확대경을 들이댔다. 여러 각도에서 살피는 눈빛이 신중하기 그지없다.

"보시죠."

문현국에게 자리를 양보했다. 확대경에 초점이 잡히는 순간, 문현국의 이마에 식은땀이 맺혔다.

'이런!'

보고 또 봐도 질병이나 시신 부패로 인한 자연적인 분리가 아니었다.

설골은 인체 뼈 중에서 드물게 근육 사이에 떠 있는 일종의 부유골이다. 기도를 감싸고 위치를 고정시켜 주며 혀뿌리가 부착되는 기준이 된다. 해부학적으로는 3번 4번 경추 위치에 존재한다. 거기서 하악골을 따라간다. 간단히 말하면 목젖 아래에 있다. 골절이 일어났다는 것은 목에 위력이 작용했다는 증거가 될 수 있었다.

"연기 때문에 고통스레 뒤척이다 튀어나온 부분에 목을 부딪친 거 아닐까요?"

문현국의 추측은 차라리 애처로웠다.

"그보다 여길 보시죠."

창하가 설골 주변 조직을 가리켰다. 다른 곳과 달리 내부손상이 엿보였다.

"외력이 작용한 게 틀림없군요."

젠슨의 공인이 나왔다.

"······."

침묵하는 문현국의 눈빛은 그저 까마득히 저물 뿐이었다.

"지금까지로 보아 어떤가요?"

창하가 젠슨의 공식 소견을 물었다.

"후두의 손상과 설골의 골절··· 거기에 더해 사망자의 입안에 강제로 들어간 것으로 보이는 피규어 조각··· 기도의 경미한 매를 종합해 보면 위장된 화재사로 보입니다."

젠슨은 거침이 없었다.

"닥터 젠슨, 그렇게 밀기에는 다소 무리가 있지 않습니까? 어쨌든 매가 존재합니다. 부검 당시 알코올 농도도 높았고요. 술에 취한 사망자가 화재로 몸부림을 치다가 여기저기 충돌한 것일 수도 있어요."

문현국이 방어에 나섰다.

"여기저기가 후두와 설골입니까? 후두야 그렇다고 쳐도 화재가 난 방의 어디에 어떻게 부딪쳐야 설골이 골절될 수 있는 겁니까?"

"사망이라는 건 우리가 모르는 기전이 많지 않습니까?"

"그건 사실이지만 이런 형태의 설골 골절은 외력이 아니면 일어날 수 없습니다."

"불길 속입니다. 코냑 덕분에 발화가 급속도로 일어나 20여 분 만에 침실이 전소된 화재입니다. 그런 불길 속에서 누가 어떻게 외력을… 화재사의 전형적인 양상과 조금 다르긴 해도 살인의 구도로 가는 건 무리라고 생각합니다."

"……."

의견 충돌이 진행되는 동안 장혁의 시선은 참관실 쪽을 보고 있었다. 수사관들로부터 새로운 소식을 기다리는 것이다. 조민수의 신병을 확보했지만 아쉬운 게 있었으니 바로 방화 마스크였다. 창하와 젠슨의 주장을 100% 뒷받침하려면 방화 마스크가 나와야 했다.

조민수가 범인이라면 그가 반드시 착용했어야만 성립하는 적은 양의 매. 마스크를 쓰고, 죽어가는 황나래를 지켜보았을 가능성이 높기 때문이었다.

물론, 또 다른 길을 창하가 열어놓기는 했다. 창하가 찾아낸 입안의 피규어 조각. 그 입안에서 접촉 DNA가 나와준다면 도움이 될 수 있다. 그러나 그건 조민수의 대응에 따라 달라진다. 딥 키스를 했다거나 하는 식으로 둘러대면 소용이 없는 것이다.

DNA.

범인 특정에 만능 키가 아니다. 범인이 피살자와 접촉하면 무조건 DNA가 남을까? 프랑스 법과학자 에드몽 로카르에 의하면 그 말은 사실이다. 그는 모든 접촉은 흔적을 남긴다라는 명언으로 유명하다.

그러나 그 모든 흔적이 다 유용하지는 않았다. 예를 들면 범인이 범행 장소에서 뭔가를 만졌다고 치자. 그럼 유전자든 지문이든 남아야 한다. 그게 바로 접촉과 흔적의 원칙이다. 하지만 실제 수사에서는 그런 상황에서 얻어내는 게 많지 않다. 설령 뭔가 나온다고 해도 망가진 지문이거나 변질된 혈흔일 경우가 허다하다.

그래서 신속한 현장검증과 보존이 중요하다. 조금만 늦어도 열이나 바람, 습기 같은 것에 의해 증거가 훼손되는 까닭이다.

DNA에도 같은 논리가 적용된다. 체액이나 모발, 조직이라면 몰라도 미세 세포 DNA는 신뢰성이 떨어진다. 누군가와 악수만 해도, 그가 들고 있던 가방을 받아 들어도, 얼마든지 피부 세포가 이동한다. 그런 수준의 DNA는 실제로 그 현장에 가지 않고도 검출될 수 있기 때문이다.

그렇기에 DNA를 증거의 바이블로 여기는 현대에도 여전히, 지문과 모발, 족적, 타액 등은 사건 해결에 있어 최상의 증거에 속했다.

"그럼 문 선생님은 설골 골절이 어떤 상황이라고 보는 겁니까?"

"……."

젠슨의 질문에 문현국은 답하지 못했다. 일단 반대 의견을 내보기는 했지만 반론의 근거가 마땅치 않은 것이다.

셋은 이제 독성 분석의 결과를 기다렸다. 대조할 샘플은 국과수에 보관된 장기 조직이었다. 창하가 짚어낸 청산 가스의 검출 유무. 그것만 나오면 부검이 마무리되는 것이다.

그 증명을 위해 실험용 쥐를 동원한 실험까지 병행이 되었다. 실험관 속에 황나래의 침실과 유사한 조건을 갖추고 미니 피규어를 넣은 것이다. 다른 한쪽 쥐에는 피규어 없이 일반적인 화재 조건을 세웠다.

―국과수에 보관 중이던 황나래의 조직 샘플.
―재부검 시신에서 추출한 혈액.
―미니 피규어를 넣고 불을 질러 화재사 시킨 실험용 쥐의 혈액.
―일반 화재사로 죽은 실험용 쥐의 혈액.

네 개의 샘플에서 동시 검사가 실시되었다.

송대방과 지한세가 주도한 부검의 혈액 샘플에서는 청산 가스가 나오지 않았다. 그러니 여기서 청산 가스가 나와준다면 송대방의 샘플이 바꿔치기되었다는 증명이 될 수 있었다.

기다리는 동안 창하는 젠슨과 여러 의견을 나누었다. 그사이에 장현의 핸드폰에 문자가 들어왔다. 그걸 본 장현의 눈이 등불처럼 밝아졌다.

[별장 뒷산 바위틈에서 낙엽에 덮여 있던 방화 마스크 발견. 대검 DFC 감식 결과 다량의 연기 흔적과 함께 조민수의 DNA, 지문 확인]

빙고!

장혁이 주먹을 불끈 쥐었다. 방송 때문에 창하에게 알려줄 수 없는 게 한일 뿐이었다.

그러나 그 빙고는 창하에게도 이어졌다. 청산 가스 분석 결과가 나온 것이다. 국과수에 보관되었던 조직 샘플에서도, 재부검 샘플에서도 공히 검출되었다. 검출되지 않은 건 일반 화재사로 실험한 쥐의 혈액뿐. 이것으로 송대방이 혈액 샘플을 바꿔치기해서 전달했다는 증명이 된 것이다.

"사인은 두 분이 상의해서 내주시죠."

창하는 두 선배 검시관을 대우해 주었다. 국과수가 사인 결정을 주도했다는 말을 피하기 위해서였다. 두 사람의 하나가 젠슨이니 우려는 하지 않았다.

"문 선생님 생각은 어떻습니까?"

젠슨이 문현국에게 물었다. 이미 얼굴이 구겨질 대로 구겨진 문현국, 차마 고개를 젓더니 창하가 했던 말을 반복했다.

"두 분이 정하십시오. 저는 두 분 의견에 따르겠습니다."

"그렇다면 저는 화재사를 가장한 액사, 사망의 종류는 타살입니다."

젠슨의 선언이 나왔다.

"닥터 젠슨의 부검 결과에 동의합니다. 사인은 먼저 하시죠."

창하가 부검 서류를 문현국에게 내밀었다. 문현국은 숨을 몰아쉰 후에야 휘적 사인을 갈겨놓았다.

자포자기.

맥 빠진 사인으로도 증명이 되었다.

'좋아.'

문현국이 1타로 사인. 최고였다. 맨 먼저 한 사인이니 나중에 번복할 빌미조차 되지 않는 것이다. 다음은 젠슨이 하고 창하는 마지막으로 사인 칸을 채웠다.

"결과 합의 끝난 겁니까?"

카메라 기자들이 물었다.

"하지만 잠깐 기다리셔야겠습니다."

창하가 그들의 폭주를 막았다. 황나래 때문이었다. 시신은 부검의들의 환자다. 그녀가 아직 수술대에 있었다. 그 마무리도 없이 결과서에 취하는 건 부검의의 예의가 아니었다.

황나래의 시신을 겸허하게 수습했다. 그 모습에 감동 먹은 젠슨이 다가와 함께 거들었다. 모퉁이의 문현국은 한숨 내쉬기 바쁜 모습이었다.

"이 선생님."

"예?"

"솔직히 저는 동양의 미신 같은 건 잘 믿지 않습니다."

"……?"

"방성욱을 만나기 전까지는 그랬죠. 하지만 오랫동안 그를 잊고 있었는데… 마치 당신, 방성욱의 분신을 보는 것만 같군요. 부검 술식부터 시신을 대하는 자세와 마인드에… 설마 당신, 그의 분신 아니죠?"

"그렇게 되고 싶은 사람입니다."

"사건의 사안상 지나치게 친절한 인상을 주면 객관성을 의심받을 수도 있어 그냥 돌아가지만 조만간 당신을 뉴욕으로 초빙하고 싶습니다. 아직 방성욱이 쓰던 연구실이 남아 있는데 구경도 할 겸 허락해 주시겠습니까?"

"영광이죠."

가만히 고개를 숙였다. 방성욱… 그가 쓰던 연구실이라니… 괜한 연민이 새록 돋아나면서 한 번 더 뭉클해지는 시간이었다.

마지막으로 부검 종료식을 가졌다. 세 사람이 부검 결과서를 들었다. 카메라가 다가왔다. 세 사람과 함께 부검 결과서가 클로즈업되었다.

「사망의 원인—액사, 사망의 종류—타살」

"수고하셨습니다."

카메라가 사라지자 비로소 장혁이 인사를 건네왔다.

"이제 된 겁니까?"

"그럼요. 조민수가 쓰고 버린 방화 마스크 찾았습니다. 그걸 들이대니 저를 불러달라고 한답니다. 검찰청으로 가봐야겠어요."

"이제 잘릴 걱정은 면하신 것 같군요?"

"선생님 덕분입니다. 젠슨이 메인 집도를 하게 되길래 좀 아쉬웠는데 그 양반, 역시 우리 에이스 알아보시네요. 그렇게 반전 양보를 하시다니……."

"황나래의 영혼이 도와준 모양이죠."

"그래야죠. 선생님과 저, 우리 부장님, 다 목숨 걸고 벌인일 아닙니까? 귀신이 있다면 이럴 때 밀어줘야 하는 거 아닙니까?"

"그렇네요."

"이 일로 국과수에서 약간이라도 불이익이나 왕따 같은 조짐이 보이면 제게 말씀만 하십시오. 저 이장혁 선생님 앞에 감히 약속하는데 제가 검사 생활 하는 동안은 누구든 선생님 건드리면 제가 그냥 안 둡니다."

"국과수는 그런 조직 아닙니다. 그러니 걱정 마세요. 사인조작도 이게 마지막일 거고요."

"그 말 듣기 좋네요. 그럼 저는 바빠서 이만……."

장혁이 차를 향해 뛰었다.

하늘을 보니 벌써 밤이 내려앉았다. 잠시 숨을 고를 때 문자가 들어왔다. 형과 형수, 그리고 신라대학병원의 권준기와 후배 의사들… 형의 문자에 답할 때 문자 폭탄이 쏟아졌다.

[선생님, 부검 끝났다면서요?]

[사망의 종류—액사, 범인은 남편 조민수, 이 선배에게 들었어요.]

[선생님 최고, 진짜 자랑스러워요.]

[언제든 시간 내서 오세요. 제가 제대로 된 맛집에서 무한 리필 책임질게요.]

[고마워요. 덕분에 힘을 냈던 것 같습니다.]

문자에 답하고 돌아서던 창하, 그만 화들짝 비명을 내질렀다.

"헙!"

앞을 막은 사람들 때문이었다. 원빈과 광배, 그리고 유수아였다.

"선생님."

수아가 다짜고짜 꽃다발을 안겨준다. 그러고 보니 벌써부터 창하를 기다린 모양이었다.

"뭐예요? 일은 안 하고 왜 여기로?"

창하가 물었다.

"일은 다 하고 왔으니 걱정마시고요, 사인 제대로 밝혔다면서요?"

수아는 숨 쉴 틈도 주지 않았다.

"그건 또 어떻게?"

"속보 나왔거든요? 황나래 합동 부검, 타살로 결론!"

"빠르네……."

창하가 얼굴을 붉혔다.

"피 선생님도 같이 오고 싶어 하셨는데 부검이 남아서……."

원빈이 목뒤를 긁었다.

"부검 많이 밀렸어요?"

"그게……."

"자세히 말해봐요. 제 몫까지 하고 계신 거 안 봐도 알거든요."

"오늘은 어쩐 일로 권 선생님까지 자진해서 두 구를 더 맡았는데도… 우리 올 때 시작한 부검이 오래 걸려서… 아직 한 건이 더 남았을 겁니다."

"권 선생님도요?"

"해가 서쪽에서 뜨겠죠? 아니면 송 교수님 일로 뜨끔하는 게 있나?"

원빈이 중얼거렸다.

"남의 호의를 그렇게 해석할 필요 없잖아요. 우리도 국과수로 가요."

"예?"

"원장님 아직 계실 거 아니에요? 부검 끝나면 보고하라고 하셨거든요. 보고 끝난 후에 남은 부검 도와주고 단체로 한잔 하자고요. 피 선생님이 기막힌 맛집을 아시거든요."

"그러세요. 저희는 무조건 선생님 따라갑니다."

원빈은 즉각 시동을 걸었다.

『부검 스페셜리스트』 4권에 계속…